KB132253

나는

자살 생존자입니다

황웃는돌
글·그림

나는

자살 생존자입니다

문학동네

차례

1부

겨울

프롤로그

오늘도 죽지 못해
그저 하루하루 견디고 있나요.

나와 관계없다 생각했던 사건이
인생에 닥쳐와 아직 그 시간에 멈춰 있나요.

사랑하는 사람이 스스로
세상을 등져버렸나요.

무서워서 용기내지 못했나요.

예상치 못한 내일이 와버렸나요.

많이 아팠지만 추스르지도,
제대로 아파하지도 못했던 제가

당신에게 들려줄
이야기가 있습니다.

나는,
자살 생존자
입니다.

자살 생존자(Suicide Survivors):
주변인의 자살 이후 남겨진 사람.

가
가
라
이
브

랜덤채팅 시작하기

랜덤한 사람이 대화방에 입장했습니다.

낯선 상대 : 죽고 싶거나 우울증인 사람만
당신 : 안녕 나도 약 먹고 있음

당신 : 뭐해?
낯선 상대 : 그냥 아무것도 안 해
당신 : 밥은 먹음? ㅋㅋ
낯선 상대 : 아니 먹을 필요 없음
당신 : 왜?

낯선 상대 : 어차피 죽을 날이 정해져서
낯선 상대 : 새해 넘어갈 때 죽을 거야
낯선 상대 : 찜찜하면 나가도 돼

당신 : 갈 때 가더라도
당신 : 맛있는 건 먹고 가
당신 : 내가 안 먹는 기프티콘이야
당신 : 그냥 너 먹어 보내줄게

낯선 상대 : 이거 거짓말 아니야?
당신 : 거짓말 아니야
낯선 상대 : 이런 식으로 거짓 친절 베풀고
낯선 상대 : 어차피 떠나버릴 사람들 너무
　　　　　싫어
낯선 상대 : 너도 똑같네

　　대화가 끝났습니다.

낯선 상대는 새해가 밝기 전
내가 보낸 기프티콘으로 치킨을 먹었다.

싱숭생숭했다.

낯선 당신은 칠흑같이 깊고 깜깜한
터널을 지나쳐 그곳에 다다랐을까?

아니면
매일 해가 뜨는 그 방에서
또다시 새해를 맞았을까?

15

어느 겨울밤

휘이잉—

우뚝

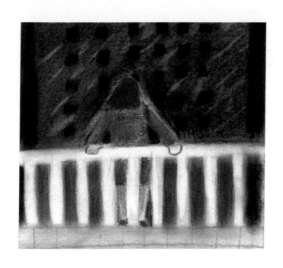

나는 운좋게 살아났다.

왜 죽게 내버려두지 않았어요?

인생의 힘든 시간이
모두 지나가면
괜찮아질 줄 알았어요.

나만 잘 버티면 될 줄
알았어요.

근데 그게 아니더라고요.

예기치 못한 내일이 왔다

내일을 상상하지 않았다.

오늘을 상상하지 않았다.

쪼로로 —

차라리 털어놓았더라면……

그래도 달라지는 것은
없다고 생각했다.

울어도 역시 바뀌는 것이 없어
금방 울음을 그쳤고

내가 나라는
존재를 묵인했다.

이제야 뭘 해야
할지 알겠다.

안녕하세요. 어찌 보면 누군가에게는
어둡고 불편한 이야기 일지도 모르겠습니다.
스스로 가장 꺼내기 힘든 이야기를
어렵사리 꺼내고자 합니다.

저는 |

사람태그하기   〉

위치 추가   〉

Facebook   ◯
Twitter   ◯
Tumblr   ◯

선언문

우리의 내일이
부디 춥지 않기를……

그런 마음으로 SNS에
공개적인 SOS를 외쳤다.

동시에 그 글은
선언문이었다.

뽀득

뽀드득

앞으로의 인생을 살아나갈
나 자신에 대한 다짐 같은.

이게 엄살일지도 모르지.

하지만 첫발을 내딛는 순간일지도 몰라.

불청객

자살 생존자의 경우 일반인보다
자살 가능성이 많게는 4.4배 정도
높다는 통계가 있다.*

*출처: 김지은, 송인한, 「그들에겐 이야기 나눌 사람이 필요하다:
자살에의 노출, 대화상대 및 자살생각 간의 관계」,
『정신건강과 사회복지』, 2016.

우연한 사고
사회적 타살
개인의 선택
충동적 행동
⋮

나는 자살을 그 무엇으로도
정의할 수 없었다.

모든 것이 복잡하게
얽혀 있기 때문에

어떤 유가족분은 자살 사건이 깜빡이 없이 끼어드는 차를 보는 것 같다고 하더라고요.

자살예방센터
간호사님

아니오.
그보다는

중앙선 침범에 가까워요.

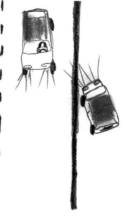

정면으로 나를 향해 오는데 피할 길이 없죠.

많은 이야기를 들었는데 정작 어떤 감정이었는지에 대한 설명이 없네요.

자살예방센터 간호사님

지금 떠오르는 감정을 세 가지 정도 말해줄래요?

음……

31

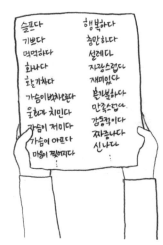

내가 아무 감정을
못 느끼는 것은 아니었다.

살아가야만 한다는 것이 때로는

죄스럽게 느껴져서
살아 있다는 게 수치스러워서.

그동안 나와 우리를 괴롭힌 것.
느끼면 안 될 것 같았던 감정들.

아주 작고 소소한 기쁨.

커다란 행복.

나눔의 충만함과 웃음.

우리가 행복할 수 있을까요?
우리가 웃을 수 있을까요?

그래도 손가락질 받지 않을까요?

그때 왜 지켜주지 못했느냐고
질책받지 않을까요?

펄럭

가끔은, 이제는

그래도 될까요?

고롱고롱

내가 용기를 낸 건
이번이 처음은 아니었다.

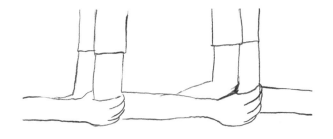

지역별로 정부, 기관, 개인이
'자살 유가족 자조모임'을 운영하고 있다.

다양한 형태의 사별자들이
모여 망자를 애도하고
현재의 삶에 대해
이야기하는 모임이다.

배우자, 자녀, 부모, 애인, 친구 등
연령도, 처한 입장도 모두 다르며
각자의 감정과 애도과정 또한 천차만별이다.
나는 그중 자녀 모임에 참석했다.

한 해를 어떻게 보낼지
논의하는 자리에서
열성적으로
아이디어를 냈다.

- 망자에게 편지 쓰기
- 망자를 떠올리며 그림 그리기
- 망자에 대한 구술사 써 보기
- 망자에 대

사각 사각

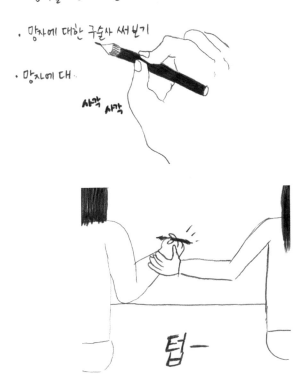

텁一

41

나는 애도를 '잘'하고 싶었다.

그런데 애초에 애도라는 게
'잘'할 수 있는 것일까?

그리고 애도는
고인을 위한 것일까?

우리는 떠나간 이를
애도하기 위해
다양한 행위를 한다.

산 사람의 마음에서
잘 떠나보내기 위해.

망자를 잊어버리기 위함이
아니라 잘 떠나보내고
일상에서 항상 기리기
위함이다.

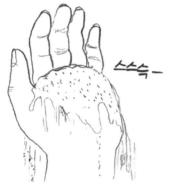

스스슥―

나는 줄곧 애도를
'잘'하고 싶었는데
막상 그를 떠나보내지도
기리지도 못했다.

한마디로
사랑하는 이의 죽음을
직면하지 못했다.

44

이제· 난 직면할 준비가 된 걸까?

준비가 된 걸까?

어서 오세요.

카페에서 알바를 하고 있었어요.
난생처음으로 아빠가 저의 일터에 오셨죠.

아빠는 제게 선물을
건네셨어요.

파리만 날리던 카페가
그날따라 만석이었어요.

그게 마지막이었어요.

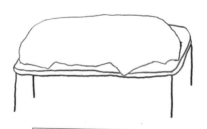

주검이 되어 돌아오기 전의.

저는 아빠에게 커피 한 잔조차
내어주지 못했어요.

장례가 끝난 직후에도
알바를 하러 갔죠.

그가 앉지 못했던 카페에서
가장 비좁은 자리

저는 매일 출근해서 그 자리에
다시는 그가 마실 수 없는
다시는 직접 내려줄 수 없는
커피를 올려놓곤 해요.

아빠의 영어 이름은
빅터Victor였다.

Victor는 승리자를 뜻한다.

아빠는 언제든 트로피를 들고
다시 돌아올 것만 같던 사람이었다.

아빠

1:1채팅   무료통화

우리 사회는 너무도 쉽게 승자와 패자를 가른다.

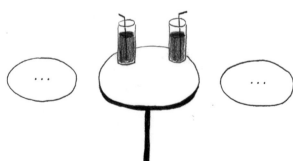

무슨 얘길 하지.

쪼로록

아저씨가 옛날에
너네 아빠랑 친구들이랑
같이 술자리를 가진 적이
있었는데

앗, 네.

그때 나까지 총 6명이 모였어.
당시에 모두 성공한
멋진 친구들이었지.

그런데 어느새 시간이
훌쩍 지나 주변을 둘러보니
그 친구들이 모두 세상을 떠났더구나.

많은 자살 생존자가
죄책감에 시달리며
평생을 고민하게 되는 질문.

왜 죽었을까?

나 역시 그 질문에 몰두해왔다.
그리고 그러한 생각은 지금도
현재진행형이다.

아빠는 유서를 남기지 않았다.

조사에 따르면 실제로
자살자 3명 중 1명만 유서를 남긴다.*

*출처: 박형민, 「자살행위의 '성찰성'과 '소통지향성':
1997년~2006년 유서분석과 '소통적 자살'에 관한 연구」, 2008.

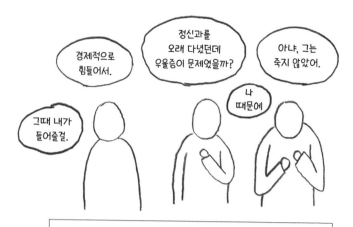

남겨진 사람들은 한 사람의 죽음을 여러 이유로 해석한다.
결국 개개인은 사별 경험과 자신의 트라우마를
각자의 방식으로 받아들여 이해한다.

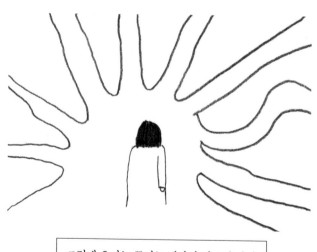

그렇게 우리는 끝없는 생각의 미궁에 빠져
헤어나지 못한다.

그리고 나는
그를 이해하기 위해

그의 삶과 죽음을
탐구하는 길을 택했다.

그는 1963년 봄,
부유한 집의 막내아들로 태어났다.
엄청난 체중으로!

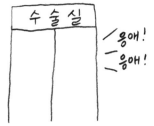

생배를 갈라 낳은
아들이었으니 할머니에게는
가장 아픈 손가락이었으리라.

이건 말이야,
이를테면……

그는 비상할 정도로 똑똑했고 쾌활하며
유머러스했다.

그는 노란색을 가장 사랑했다.

그는 냇 킹 콜을 사랑하고
재즈와 팝송을 즐겨 들었다.

그는 영화를 사랑했다.

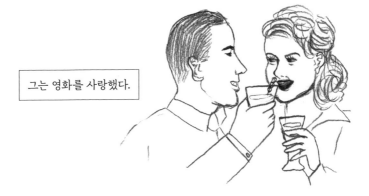

광고계에서 두각을 드러냈으며

영화계에서도 마찬가지였다.

많은 사람에게 사랑받았기에
그의 죽음은 이해할 수 없는 사건이었다.
그의 죽음은 내게 풀리지 않는 숙제였다.

그는 영화 제작자였다.

그는 90년대에
매니지먼트 시스템을 한국 최초로
도입해 엔터테인먼트사를 세웠고

한국 배우를
할리우드에 진출시켰다.

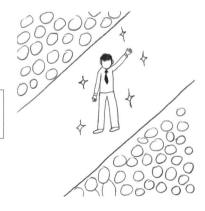

65

이번에
이런 건 어때?

코미디물로
갈까?

과거의 한국영화는 영화 제작자의 지휘하에
영화사에서 가내수공업으로 만들어왔다.

그 시절에는 각 지역을
담당하는 배급업자들이 존재해
영화사가 자생력이 있었다.

IMF 이후 기업들이 줄줄이 도산하며
비디오의 시대가 왔다.
대기업의 시대로 시장이
재편될 준비도 이뤄졌다.

그리고 오늘날

멀티플렉스의
독점 시대가 왔다.
대기업과 투자사에
기생하지 않으면
영화사는
유지될 수가 없다.

자연스럽게 영화 제작자보다
대기업 사원이 더 많은
영화를 만들게 됐다.

한때 아빠가 자본을 사랑해서
영화를 만든다고 생각했다.

지난날의 영광을 내려놓지
못한다고 생각했다.

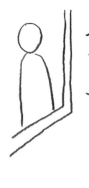

아빠는 그저 평생 영화를
만들고 싶어했다는 것을
나는 간과했다.

아빠 이제 지하철
탈 줄 안다?

대학생 때 그를 오랜만에 만났다.
나는 독립해 열아홉 살부터
혼자 자취를 하고 있었다.

그래?

당시 서울에서 가장 싼 지역의
월세 30만 원짜리 집에서 살고 있었고
임금 체불에 시달렸다.

아버지, 오 나의 아버지 4

71

그는 큰 그릇만큼
씀씀이 또한 크고 화려했다.
벌이와 상관없이

누구보다 큰 집에서
살아야 했으며

좋은 차를 타야 했다.

그런 그를
이해하지 못했다.

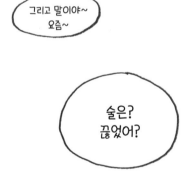

해맑고 세상 물정
모르는 그가 미웠다.

그리고

알코올중독이 되어버린
그의 마음을 헤아리지 못했다.

웃는돌씨에게
아버지는

어떤
사람이었나요?

본격적인 심리 상담이 시작됐다.

음……

엄청 멋지고 똑똑하고
꿈이 크고 대단하고
또······

나는 열심히 '설명'했다.

선생님은 내 이야기를 천천히 들어주시며
무언가를 적으셨다.

웃는돌씨에게 아버지는
정말 멋지고 근사한
사람이군요.
그런데 마치

아버지는
아무 결점이 없는
완벽한 사람같이 느껴져요.
웃는돌씨가 느끼는
감정 또한 부정적인 것이
조금도 없고요.

앗······

그런데 나도 모르게 계속

내 솔직하고
복잡한 감정을 숨기고

아빠가 얼마나 완벽하게 좋은 사람인지만
설명하고 있었다.

내게 애도는

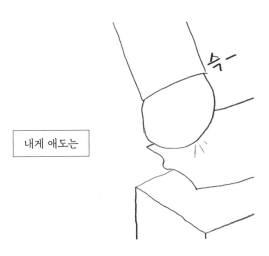

가장 아프고 깊숙한 곳에 위치한
예쁘지 않은 못난 감정까지도 모두 토해내

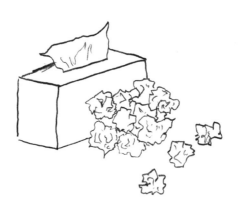

직면하는 일이었다.

자살 유족을 위한 웹사이트
'얘기함'에 게재된
애도 반응의 과정은 이러하다.

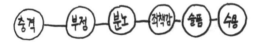

이 과정이 일정한 단계를 밟으며 이뤄지는 건 아니다.
개개인의 슬픔과 애도과정의 궤적은 많이 차이가 난다.

나랑 느끼는 감정이
많이 다르네.

나도 언젠가
이렇게 웃을 수
있을까?

우리는 비교할 수 없는
다른 감정을 저마다 느낀다.

나는 그와 사별하고 6년이 지난 후
애도 작업을 시작했다.
그러니 굉장히 늦게 시작한 경우다.

풀기 어려운 복합적인
여러 감정이 정리되지 않은 채로
봇물 터지듯 밀려왔다.

성큼   성큼

나는 그 감정의
가장 깊은 곳으로 들어가봤다.

그 중심부에는

우뚝

십대 시절 내가 있었다.

십대 때 나는 소위 탈선을 일삼는 학생이었다.

당장 안 일어나?! 대학은 어찌 가려고.

등교를 거의 하지 않았고 학교에 가더라도 책상에 엎드려 잠만 잤다.

아빠의 알코올중독은
나날이 심해졌다.

정글 같은 십대들의 세계에서
폭력적인 상황에 계속 노출됐다.

그가 알아차려주길 바랐다.

아빠에게 관심받고 싶은 마음과
관심의 부재는 계속 엇갈렸다.

아빠가 술에 취해 거실의 소파에서 잠든 날이었어.

아마 새벽 시간이었지.

마루 앞에 있던 창고 방 기억나?

응, 맞아. 아빠 DVD 보관하던 방.

나, 그날 거기서

고백

내게 아버지는 어떤 사람이었나. 사실 아버지가 좋은 아버지였다고 기억되지는 않는다. 그에 대한 부정적인 기억의 근원을 들여다보았다. 기억을 들춰보니 한 가지 사건이 떠올랐다. 살면서 그 사건을 입에 담는 일은 흔치 않았다. 평생 쉽사리 꺼내지 못한 이야기를 이 글을 통해 꺼내려고 한다.

심리 상담을 시작했을 때 가장 고민했던 점은 열여섯 살의 나를 깨울지였다. 내가 십대 때 겪은 일을 솔직하게 털어놓을까를 고민했다. 아빠에 대한 부정적인 감정은 그 사건부터 시작됐다고 봐도 무방했다. 그건 성폭력이었다고 말하기까지 꽤 많은 시간이 걸렸다. 당시에는 내 잘못이라고 생각했고 너무나 오래전 이야기라 굳이 언급하지 않아도 된다 여겼지만 그건 나의 착각이었다. 아빠의 죽음을 겪으며 고통스러운 감정

은 유보하거나 덮을 수 없음을 깨달았기에 상담 시간에 안간
힘을 써서 말을 꺼냈다.

"저 사실 열여섯 살 때 거실 바로 앞 창고 방에서 남자친구에게
성폭행당했어요. 그때 아빠는 거실에서 술에 취해 자고 계셨어
요. 아무리 불러도 오지 않았고요."

때는 중학교 3학년이다. 나는 당시 집밖으로 나도는 아이였
다. 지금 생각해보면 부모님도 그들 나름대로 최선을 다했으
나, 우리 모두 마음이 병들어 있었다. 엄마는 걷잡을 수 없이
비뚤어진 나와 대화할 수 없었다. 아빠는 일상생활이 불가능
할 정도로 술에 절어 지냈다. 가끔은 내게 화를 내고 물건을
던지고 나를 때렸다. 우리 가족은 겉으로는 문제없는 가정처
럼 굴러갔지만 언제 무너져도 이상하지 않은 아슬아슬한 피
사의 사탑과 같았다. 학교를 밥 먹듯 빼먹고 새벽마다 각자의
사정으로 가정에서 도망쳐나온 아이들과 어울렸다. 그때 한
아이를 만났다. 훗날 생각해보니 그 아이는 영악한 방식으로
데이트 폭력과 가스라이팅을 일삼았다. 나는 어린 나이에 첫
성경험을 그 아이에게 폭력적인 방식으로 배웠다. 아빠를 제
외한 모든 남자와 대화도 못할 정도로 그는 내게 집착했으며
가끔은 그에게 맞기도 했다. 내가 의지할 수 있는 유일한 존
재가 그라고 착각했다. 그게 사랑인 줄 알았다. 항상 부모님
이 부재중인 그 아이의 집과 도시의 은밀한 공간들은 폭력의

거처가 됐다.

어느 날 아침 동이 틀 때쯤, 술에 만취한 그 아이가 우리집에 찾아왔다. 나는 무서워서 거절하지 못하고 집에 들였다. 아빠는 마루에서 술에 취해 코를 골며 자고 있었고, 나는 마루 바로 앞 방에서 그 아이에게 성폭력을 당했다. 어떻게든 알리고 싶어 소리를 냈지만 아빠는 깊은 잠에 취해 일어나지 않았다. 아빠가 눈치채서 일어나주길 바랐다. 차라리 나를 혼내고 때려주길 바랐다.

열여섯 살. 아빠와 정말 가까운 거리였음에도 불구하고 많은 폭력에 노출되어 있었다. 그 사건 이후에도 마찬가지였다. 그래서 아빠를 오랜 시간 용서하지 못했다. 분노와 억울함은 가해자가 아닌 아빠에게 향했다. 돌이켜보니 나는 단지 아빠의 관심을 많이 받지 못한 아이였다. 아버지는 나를 사랑했고 좋은 사람이었지만 아이에게 관심을 주는 방법을 잘 몰랐다. 이제 와서 용기를 쥐어짜 말하건대 그것은 어린 나에게는 방치이자 폭력이었다. 한평생이 지나 그걸 인정하게 됐고, 그를 용서하고 이해하기까지도 많은 시간이 필요했다. 지금도 그를 완전히 용서하지는 못한다. 그럴 수 있다면 나는 부처 내지는 예수일 것이다. 그저 서로의 타이밍과 사랑의 방식이 엇갈린 상황을 온몸으로 느끼고, 거기서 파생된 폭력이 눈덩이처럼 불어난 경위를 이해하게 됐을 뿐이다.

애도라는 과정을 거치며 왜 그가 살아 있을 때 이 이야기를 못했을까 자책하고 또 자책했다. 하지만 그런다고 해서 나아지는 것도 달라지는 것도 없었다. 애도 상담을 하면서 내내 아빠가 얼마나 멋진 사람인지 이야기했다. 부정적인 감정이 그의 죽음에 누가 될까봐 몸을 사렸다. 그리고 그에 대한 원망과 슬픔을 토해내기도 전에 그는 스스로 세상을 등졌다. 내 마음속에서 그를 잃은 일은 비명횡사와도 같았다. 해결되지 않은 문제가 너무나 많은데, 그가 사라졌다. 유서도 한 글자 남기지 않고 말이다.

잔인하게도 내가 경험한 애도는 살면서 느낀 망자의 모든 단면을 모조리 분해하여 바라보는 작업이었다. 담대한 각오가 필요한 여정이었다. 고통, 분노, 사랑, 후회, 그리움, 모든 감정을 인정하고 토해내는 일이었다. 마음이라는 돌에 그의 이름을 칼로 세공해 각인하는 일이었다. 그 사람에 대한 모든 기억과 마음을 새겨서 자취를 남기는 동시에 아이러니하게도 그 사람을 떠나보내는 작업이었다.

이 과정을 겪기 전까지는 애도란, 그 사람을 예쁘게 종이배에 태워 보내주는 일이라고 생각했다. 그런데 직접 겪어보니 지난한 과정을 통해 망자가 떠나고 모든 것이 달라진 삶을 직면해야만 했다. 망자의 끔찍한 모습까지도 들춰내야 했고 동시에 나의 끔찍한 속내도 모두 꺼내고 바라봐야 했다.

시간이 한참 지나고 나서야 고인이 된 아빠에 대한 분노와 원망까지 토해냈다. 한 번도 그를 원망한 적이 없다고 생각했는데, 마음속 깊은 곳에 들어가보니 열여섯 살의 나는 아직도 아빠를 원망했다. 사실 그를 미워했던 이유는 말없이 이 세상을 등져서가 아니었다. 내가 가장 관심을 많이 받아야 마땅했던 시기에 술에 절어 지냈기 때문이었다. 당신을 더 많이 안 아보지 못한 것이 후회됐다. 어른인 당신에게 보호받지 못한다고 느껴서 무서웠다. 당신에게 화를 내고 용서하고 싶었다. 이제는 그럴 수도 없다는 것이 사무치게 슬펐다.

그렇게 사계절이 지나는 동안 나의 감정을 제대로 직면한 후 많은 것이 달라졌다. 아빠에 대한 감정이 정리되고 마음이 담담해졌다. 사람을 깊이 미워한다는 것은 본질적으로 사랑한다는 뜻이기도 하다. 그 사람을 알게 된다는 것은 그 사람을 미워하지 못하게 된다는 것이다. 그런 의미에서 본다면 태어나 처음 아빠라는 사람을 만나 20년 넘게 알아갔고, 미워했지만 미워할 수 없었으며 사무치게 사랑했다. 까맣다고 생각했던 나의 속내는 나를 태울 뿐이었고 사실 그렇지 않았다. 생채기가 많은 마음의 일부일 뿐이었다. 설령 까맣더라도 피해 사실을 고백하며 그것과 마주할 용기가 생겼다.

넘어야 할 큰 산을 하나 넘었다. 아빠를 가슴 깊이 원망하고 미워했던 마음과 마주봤고, 울고 있던 어린 나를 달랬다. 또한 감정의 골을 아빠 없이 혼자 메워가기도 했다. 큰 산을 하나 넘으니 꿈에 아빠가 나왔다. 아빠는 어쩐지 안정되고 행복해 보였다. 그리고 미안해 보이기도 했다. 그래, 그럼 됐어. 그럼 된 거야. 꿈속의 나 또한 행복하고 미안해 보였다.

초등학교 때였다.

웃는돌아,
아빠랑 영화
보러 갈래?

신난다!

아빠와 단둘이 나들이를 간
최초의 기억이다.

지금은 사라진 서울의
한 극장에서 영화를 봤다.

그리고
토마토 스파게티를 먹었다.

아빠 아빠

너무 재밌었어.
또 같이 놀러가자!
약속!

그래.

그로부터 10년 후

2014년 2월
대학 졸업 시즌

2014년 유난히 따뜻했던
4월의 봄날

우리는 또 엇갈렸다.

흔히들 자살을 암시하는
신호가 있다고 말하더라.

내게는 그 말이
너무나 절망적이었다.

아무리 생각해봐도
아무 신호도 없었다.

죄
책
감
2

아니면 내가 눈치를 못 챈 걸까?

그랬다면 왜 눈치채지 못했을까?
내가 알 수 있었더라면?

그런 생각들은 꼬리에 꼬리를 물고
죄책감으로 번져갔다.

그 시기에 자살 사별자 자조모임에 갔다.
모임을 시작할 때 읽는 자살 유가족 권리장전의
구절 몇 가지가 갑자기 눈에 들어왔다.

▶ 나는 죄책감을 느끼지 않을 권리가 있다.
▶ 나는 자살로 인한 죽음에 대해 책임감을 느끼지
  않을 권리가 있다.

이 문장을 사람들과 함께
직접 소리 내 읽어봤다.

죄책감이란 감정과
마주한 기분이 들었다.

미움.

나에게
가장 어려웠던 감정.

우리
그만하자.

나와 가장 가까이 지내고
가장 사랑하는 사람이
그만큼 큰 상처를 주기도 하지만

삶의 일부를 서로 나누고 살다보면
그 사람을 알고 이해하게 돼
누군가를 미워하는 일이 정말 어려웠다.

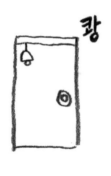

좋기만 한 사람도
나쁘기만 한 사람도 없기에.
나를 가장 아프게 만든 사람들은
슬프게도 모두 다정한 미소를 지녔다.

먼길을 돌고 돌아
내 안의 아빠를 만났다.

당신이 정말로 미운 게 아니라
당신을 진심으로 미워할 수 없던
내가 미웠는데

그대로도 괜찮은 거였구나.

시간을 파는 장수

언젠가 친구가 말했다.

"우리는 시간을 팔아서 사는 사람들이야."

나는 '이십대'와 '청춘' 그러한 단어를 팔아 삶을 연명했다. 돈을 많이 벌어야 했다. 최대한 많이. 당시 여성이 월 200만 원 이상 벌 수 있는 일자리는 그리 많지 않았다. 공장, 바, 콜센터 정도뿐이었다. 처음에는 가장 규모가 큰 콜센터에 들어 갔다. 거기엔 경력이 단절된 삼십대 중반의 언니들이 가득했다. 모두 대단한 경력을 가진 언니들이었지만, 아이를 낳고 경력이 단절되었거나 회사가 없어져서 최후의 보루로 콜센터에 흘러들어왔다. 모두 각오가 단단했다. 살아남기 위해 들어왔음이 얼굴에 역력히 드러났다. 나 역시 돈을 많이 벌겠다는 일념하에 합류했다. 우리는 최전방에서 총알받이로 역할을 다했다. 때로는 육두문자가 날아왔고, 성희롱에 부모 욕까지 들어야 했다. 실적 압박과 군기 잡힌 문화 속에서 우리는 전사가 되어갔다. 최전방에서 고군분투하는 전사들. 나는 거기서 치열함을 배웠다. 이렇게까지 하지 않으면 살아남기 어려운 현실에 대해 배웠다. 적당히 벌어먹으면서 창작을 병행하는 삶을 꿈꿨으나 서글프게도 그건 손에 닿지 않는 꿈일 뿐이었다.

그러다가 재산이 압류되어 내 명의로는 통장을 쓸 수 없게 됐다. 그후로는 현금으로 돈을 벌 수 있는 수많은 일을 전전했다. 새벽 네시에 인력 사무소에 가서 식당 일을 받았고, 현금으로 돈을 주는 공장에 가서 부품 조립을 하고, 가사도우미가 되어 남의 집을 윤이 나도록 청소해주고, 미술학원에서 유치부 아이들을 맡고, 미대 입시 과외를 병행하고, 독학으로 향초를 만들어 노점상을 열었다. 정신적으로 가장 힘든 일로 콜센터 업무를 꼽지만 현금성 노동이 훨씬 강도가 셌다. 귀가 따갑도록 욕을 먹는 콜센터가 가끔 그리울 지경이었다. 불규칙한 수입에서 매달 나가는 월세, 관리비, 생활비, 식비를 빼면 남는 것이 없었다. 아무리 열심히 일해도 가난을 벗어날 수 없는 쳇바퀴 속에서 발에 불이 나도록 뛰기만 했다.

아빠의 죽음을 곱씹는 것은 사치에 불과하다고 생각했다. 그럴 여력도 없었다. 충분히 슬퍼하지 못했다. 장례식장에서도 온통 지불해야 할 돈 생각뿐이었다. 식당 아주머니께 얼마를 드려야 할지, 관은 얼마인지, 가장 싼 유골함은 얼마인지만 생각했다. 슬픔은 어디에도 도달하지 못하고 공중을 부유했다. 언젠가는 슬퍼할 수 있겠지. 적당한 때가 오겠지. 그렇게 생각하면서 잠시 마음속 상자에 넣어두었다. 그리고 그 슬픔이 얼마나 깊고 아픈지에 대한 생각을 잠시 접어두기로 했다. 하지만 상실에 관한 트라우마는 원하는 때에 선택적으로 골라서 해결할 수 있는 것이 아니었다.

'먹고사니즘'이라는 말이 있다. 내게는 떼려야 뗄 수 없는 불가항력의 말이었다. 열아홉 살에 독립해 고시원에 들어가 미술 재룟값과 생활비를 벌었다. 생각해보면 열여섯 살 때부터 알바를 멈춰본 적이 없다. 살기 위해 일을 하고, 돈을 벌고, 그 돈으로 먹을거리와 이부자리를 마련했다.

내게는 먹고사니즘이 너무나 절박했는데 아빠는 이 문제와 참 거리가 멀어 보였다. 아빠는 좋은 대학을 나와서 좋은 직장에 다녔고 사업을 크게 벌여 탄탄대로를 걷는 사람이었다. 그는 영화를 사랑했기에 기존 커리어를 포기하고 영화 제작사를 차렸다. 1990년대에 아빠의 영화사는 성공의 정점을 찍었다. 대기업이 만든 영화사가 등장하기 전까지 아빠는 승승장구했다.

계층적으로 보면 그의 죽음이 이해가 되지 않았다. 그는 부잣집 아들로 태어나 많은 혜택을 누렸다. 더이상 영화를 제작할 수는 없지만 명예직으로나마 자리를 보전할 수 있는 그 상황은 사람들이 선망할 만했다. 하지만 그에게 그 상황은 자신이 상상할 수 있는 최악의 상황이었을 것이다. 그는 죽을 때까지 영화를 만들고 싶어했으니까. 나는 그의 죽음의 단편만을 보았다. 사회적 지위와 부를 기준으로만 이해하려고 했다. 그래서 궂은일을 해야 하는 나를 그의 대척점에 놓고 열심히 그를 미워했다. 나와 너무나 다른 곳에서 언제까지나 위로만 올라갈 수 있는 사람이라 생각했다. 하지만 얄궂게도 삶은 때로 지옥을 선사한다. 그에게도 더이상 나아지지 않을 것만 같은 지옥이 존재할 수 있음을 이해하지 못했다. 영화라는 매체를 통해 관객에게 의미 있는 시간을 선사한다는, 노동이 주는 의미가 그에게는 컸던 것 같다. 그는 잘나가는 광고사 직원이라는 명예를 버리고 영화 산업이라는 전쟁터로 뛰어들었다. 훗날에는 생을 포기할 만큼 영화 일을 너무도 사랑했다.

만화 제작을 위해 아빠가 만든 영화 제작사의 직원을 인터뷰한 적이 있다. 그는 당시 영화 산업에 대해, 그리고 아빠의 꿈에 대해 상세히 말해줬다.

"아저씨, 생전에 아빠가 궁극적으로 이루고 싶었던 것은 무엇이었을까요?"
"그야 영화를 계속, 쭉, 만들고 싶었을 테지."

그 대답에 할말을 잃었다.
내가 만화를 그려야만 하듯 그가 영화를 만들어야만 했던 이유를 우리가 살아서 이야기할 수 있었다면 좋으련만. 그의 마음을 너무 늦게 안 것은 아닐까? 그는 마치 영화 속 주인공의 설정처럼 충청북도 음성군 생극면의 어느 가족 묘원에 묻혀 있다. '생극'은 생의 끝이라는 뜻이다. 생의 끝자락에 도달하면 가는 곳. 비석에는 그의 누나인 고모가 쓴 말이 새겨져 있다.

'영화를 사랑하던 ○○○. 여기서 잠들다.'

남에게 두 시간 남짓한 행복한 한때를 선사하기 위해, 자신의 삶을 온전히 바친 아버지.

그는 시간을 파는 장수였다.

2부

가을

우리는 그 일을 겪고 나서
예전과 같은 일상을
살아가야 한다.

물론 그전과 완전히
달라진 세상에서

본래의 일상으로
돌아가기 위해
부단히 노력한다.

나를 제외한 세상은
언제나 그렇듯 똑같이 흘러간다.

차츰, 겨우겨우
일상으로 돌아올 때쯤

문득

118

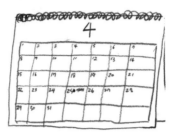

| 17 | 18 | 19 |
| 24 | 25 ● 아빠기일 | 26 |

다시금 찾아온다.

이력서

전문대졸 29세

〈경력〉
- 콜센터 1년 2개월
- 콜센터 2년
- 콜센터 1년 6개월
- 노점상
- 창업
- 파출부
- 공장
- 과외

아빠가 자살한 후
나는 항상 쓰리잡 상태였다.
많은 소송과 생활고를 겪으며
내 이력서에는 단기, 비정규직
경력만 빼곡했다.

콜센터랑 허드렛일
경력이 많으시네요.

음…

집안에
사정이
있었어요.

120

다큐4일 KBM

이왕이면

좋아하는 일로
먹고살고 싶어요.

근데 저는 알아요.
아무도
몰라준다는 거.

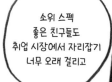

다큐4일 KBM

저는 힘들다는
일들을 버티며
사회의 그림자로
살아왔어요.

소위 스펙
좋은 친구들도
취업 시장에서 자리잡기
너무 오래 걸리고

우리에게 먼 미래라는 건
막막하게 느껴져요. 요즘
시대에는 그 무엇도 안정적이라고
보장할 수 없잖아요.

다큐4일 KBM

사회에서 옳다고
말하는 삶만이
답은 아닌 것 같아요.

그럼에도 불구하고
그 수많은 순간을 버텼다는 걸
저만은 기억해요.

122

그렇게 강하고 꿈 많던 내가 무너졌다.

사회적 안전망이
없다고 생각했다.

아빠가 떠나고 5년이 지나고
나서야 처음으로 운좋게
약소한 지원을 받게 됐다.

세월호와 같은 해 아빠가 떠났다.
그때 두 눈으로 똑똑히 보았다.

허술하고
텅 빈 시스템을.

뛰어봐 ㅋ 쫄보새끼

자살 생존자나
마음이 힘든 사람을
도와주는 곳이 있기는 했다.
하지만 찾기 어렵거나
그마저도 허울뿐이었다.

혹은 사회적으로
터부시되어
이야기하는 것도
쉽지 않았다.

모든 시스템이 미비했고
우리는 더 침묵할 수밖에 없었다.

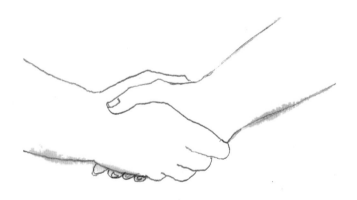

나는 운좋게 지원을 받았지만
그러기 전까지만 해도 막막하기만 했다.

모두가 이러한 지원을 받아야 마땅하지만
그러지 못한 경우가 훨씬 많다.

하지만 개개인의 노력과
운에 맡겨서, 인생을
담보 잡혀서 살 수는 없다.

〈2020년 계획〉

나와 같은 자살 생존자를 위한 작품 만들기

가장 개인적인 것은 가장 사회적인 것이다

내가 자전적인 작품을 만들려고 하는데 혹시 인터뷰 가능해?

어, 아빠.

대학생 때 아빠에게 물었다.

네 작품은 사회적 르포니? 다큐멘터리니?

?

아빠는 그 인터뷰 요청을 거절했다.
우리의 사적인 이야기는 르포도 다큐도 아니었다.

대학 시절에는 일상적이고
사적인 이야기를 항상
작품 재료로 선택했다.

무슨 말인지
모르는 바는 아니지만
왜일까? 왜 안 될까?

작품을 감상할 때
개인적, 사회적 맥락을
다양한 측면에서
곱씹어보는 것을 좋아했다.

이번엔 내가

새 물 먹자!

냥—

참참참참

알게 된 것들을
나누고 싶다고 생각했다.
나와 우리를 위해.

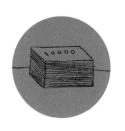

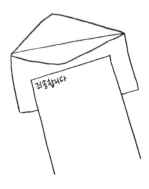

금전적인 어려움, 생활고, 빚 때문에
세상을 떠나는 경우가 많다.
그후의 이야기를 해보려 한다.

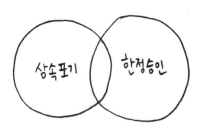

고인에게 빚이 있을 경우 상속 개시 있음을
안 날부터 3개월 이내에 반드시
'상속포기'나 '한정승인'을 해야 한다.

132

상속포기는 말 그대로 상속을 포기하는 것이다.
다만, 선순위자(직계 가족)가 상속포기를 하면
후순위자가 상속과 채무를 안는다.

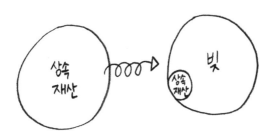

그래서 나온 제도가 한정승인이다.
한정승인이란 물려받은 재산의 한도 내에서
채무를 변제하는 조건으로 상속포기를 하는 것이다.

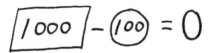

쉽게 설명하자면 한정승인은
고인의 재산이 100원이고 빚이 1000원일 때
100원을 받고 빚 1000원 중 100원만 갚고 끝내는 것이다.
참으로 간단하지 않은가?

여기까지가 모든 법률 상담사, 법무사,
변호사가 알려주는 개념이다.

그런데 그들이 알려주지 않는 것이 있다.
너무나 많은 유가족에게 일어나는
일이지만 겪기 전에는 알 수 없다.

엄마와 나는 아빠의 직계 가족으로 상속 일순위다.
채무 상속 역시 일순위다.
하지만 한정승인을 했으니 다 끝났다고 생각했다.

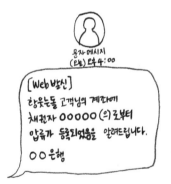

그런데 끝이 아니었다.
채권자, 그러니까 빚쟁이들이 유가족을 상대로
소송을 걸어 재산을 선압류하거나 손해배상을
청구하는 경우가 존재했다.

소송장은 항상 아침 등기로 왔다.

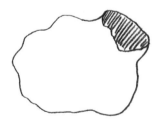

나의 경우 땅을 물려받았다.
깊은 산골, 아주 작은 토지의 5분의 1.
아무것도 할 수 없고 팔리지도 않는 땅.

사는 사람이 없으니 처분할 수가 없었다.
강제로 경매에 넘어갔지만 그 방법으로도
해결되지 않아 빚을 변제할 수 없었다.

그렇게 나는 각종 명목으로 채권자들이 제기한
수많은 소송을 5년 이상 겪었다.

백방으로 뛰어다니며
상담을 받았다.
모든 법률 관계자들이
이론상 가능하지만 드물고
재수없는 케이스라고 회피했다.

또한 손해배상이나 상속 채권을
청구하는 소송을 제기한 경우
원고에 대한 상속인의 채무를
인정하되 그 책임을 제한하는 것이므로
형식적으로 원고 승소 판결이 날 수도 있다.

형식적으로라도 원고가
승소할 경우 소송 비용은
오롯이 유가족의 몫이다.

소송에 걸릴 때마다 내 재산이 압류되어
4대 보험에 가입한 직장을 다닐 수 없었고
내 명의의 통장을 사용하는 것도 위험했다.

길바닥에 나앉지 않기 위해
새벽 네시에 인력 사무소에 갔다.
그 당시 나는 고작 스물네 살이었다.

으...... 어지러워.

항상 1호선을
타고 출근했다.

가끔 영문도
모른 채 쓰러졌다.

학생! 일어나봐!
여기 사람이
쓰러졌어요!

쓰러지는 빈도가
점점 잦아졌다.

직장에 사과할 일이 많아졌다.

나는 비행기를 잘 탔다.
그래서 더 의심하지 못했다.
공황장애란 비행기를
못 타는 병인 줄로만 알았다.

맨 처음 쓰러진 날은

아빠의 유품을
들고 오던 날이었다.

너무 하찮고 보잘것없는 물건을
꺼안고 오는 길에 펑펑 울었다.
그러다 정신을 잃었다.

번
아
웃
2

정신건강의원

기절하는 일이 잦아져
혹시 몰라 정신과에 갔다.

두리번   두리번

다들 어디가 아픈 걸까?
얼핏 보기에
겉은 멀쩡해 보였다.

나는 선생님께 쓰러지지 않게만 해달라고 부탁했다. 회사생활과 입시 과외 일, 단기 알바를 병행하고 있으니 말이다.

아니요.

해야만 하는
일들인걸요.

아니요.

나는 무너질 수 없어요.

이 카드 결제가
안 되네요.

네?

언제 압류가 될지 언제 빚쟁이들에게
소장이 날아올지 당장 내일이
어떻게 될지도 모르는걸요.

때로는 타인에게서 구원받고 싶었다.

내 삶에 안정적인 것은 하나도 없으니
사람들과의 관계만큼은 안정적이기를 바랐다.

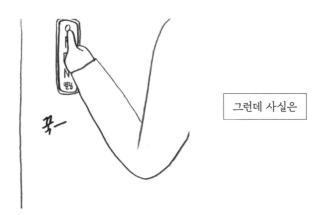

그런데 사실은

안녕하세요!

나를 구원하는 것은
나였다.

이제는 좀
쉬어도 돼요.

그리고

나는 기계가 아닌
사람이기에 무너질 수 있음을
인정해야 했다.

살아 있어줘서
고마워요.

내가 나 자신에게
하지 못했던 말.

살아줘서 고마워.

149

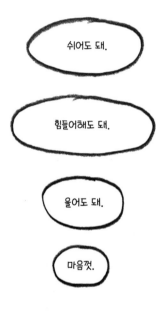

종이 한 장

내일까지 고인의 사망 진단서, 초본, 경찰 진술서 들고 오세요.

네.

사회생활을 하다보면 어쩔 수 없이 죽음을 증명해야 하는 순간이 있다.

이 일을 직접 겪기 전 막연하게 서류의 이름을 상상한 적이 있다.

사망 진단서

내가 받은 서류는

억장이 무너지는
이름이었다.

가시는 길
잘 모시겠습니다.
마지막으로
인사드리세요.

염을 하면 뽀얗고 예쁘다던데
아빠의 시신은 하루가
방치되어 보라색이었다.

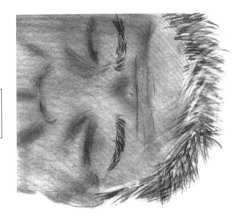

그렇게 흰머리가
많이 난 줄 미처 몰랐다.

정신과
의사쌤 ↘

선생님 저,
상담비 지원을 받으려면
진단서가 필요해요.

소견서

죽음과 가까운 서류

향후
치료
의견

2016년 11월부터 본원에서
치료받고 있는 환자로
우울감 및 불안감, 수면장애 등을 호소하여,
장기적 치료에도 불구하고 지속적으로
우울감을 호소하며 자살 시도 및
자살 사고가 지속되어 향후에도
치료가 필요할 것으로 판단됩니다.
이하 여백.

이번엔 살아가기 위한
종이 한 장.

154

2020년 여름,
한 회사의 최종 면접.

마지막
질문이에요.

웃는돌씨가 살면서
가장 용기 냈던
일은 무엇인가요?

나는

저는⋯⋯
만화를 그리고 있어요.

155

자살 생존자에 대한 자전적인 만화예요.

저는 자살 생존자입니다.

떨어질 각오를 하고 용기 내서 말했다.

살면서 이토록 용기 있는 일을 해본 적 없습니다.

제 이야기가 누군가에게 조금이나마 위로가 되고 도움이 되면 좋겠습니다.

면접관님은

따뜻한 미소를
지어주셨다.

나는 그 회사에 합격했다.

사원증

사원증! 출근!

나는 부푼 마음을 안고
회사에 입사했다.

일이 정말 재밌었고
잘하고 싶었다.

초집중
타닥
타다닥

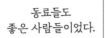
동료들도
좋은 사람들이었다.

나는
탈 수 있다!

나는
할 수 있어!

어렵게 잡은 이 행복을
놓치고 싶지 않았다.

약도
잘 먹고 있고!

상담도 잘 가고
있으니까!

난 괜찮아 난 괜찮아 난 괜찮아 난
괜찮아 난 괜찮아 난 괜찮아 난
괜찮아 난 괜찮아 난 괜찮아
난 괜찮아 난 괜찮아 난
괜찮아 난 괜찮아 난
괜찮아 난 괜찮아

그때 나는

내 상태를 몰랐다.

자신을 과신했다.

몸과 마음이 아직 많이 아프다는 사실에 절망했다.
나 자신이 너무나 싫었다.

천천히 조금씩

희망의 끈을 놓지 않았지만
애쓸수록 점점
몸과 마음이 망가져갔다.

아직은 일상생활과 사회생활을
병행하기 어려운 상태이고
치료에 집중해야 하는
시기라는 걸 깨달았다.

결국 나는 퇴사했다.

앗!

그후로도 여러 차례
일을 하려고 시도했지만

털썩

공황, 기절, 발작, 구토, 과수면,
회피를 반복했다.
나는 계속해서 무너졌다.

평범한 일상과 행복이
닿을 수 없는 신기루 같았다.

나 달릴 수
있어.

아직
무리야.

내 상태를 마음속 깊이 인정하기까지
참으로 많은 시간이 걸렸다.

천천히.

조금씩.

나는 자꾸 무리하게
일을 벌였다.

지금 생각해보면
심리 상담가 선생님은
당시 나의 상태를 예리하게
캐치하고 계셨다.

그때의 나는 변덕스러운 감정의
홍수에 속수무책이었다.

특히 내 상태를 고려하지 않고
목표를 터무니없이 높게 잡았다.
그리고 그 목표를 달성하지 못해
계속 좌절했다.

웃는돌씨에게 맞는 현실 가능하고 무리하지 않는

작은 목표부터 시작하면 어떨까요?

자기 몸과 마음의 상태를 알아차리는 연습을 하면 좋을 것 같아요.

집으로 돌아와
다이어리를 펼쳤다.

현실적으로 불가능한
계획이 빼곡했다.

좋아!
오늘은 산책과
샤워만 해야지!

아주 작은 것부터
실행해보기로 했다.

택시와 담배

소송을 겪으며 나의 젊음은 쏜살같이 지나가버렸다. 겨우 서른 언저리인데도 면접을 보러 가면 '나이 많은 여성'이란 딱지를 면할 수 없었다. 인생에 너무 많은 변수가 존재했고, 그저 열심히 살아왔을 뿐이라고 나 자신을 변호했다. 하지만 사회는 녹록지 않은 곳이기에 닥치는 대로 살아왔다는 말 따위 들어줄리 만무했다. 이력서에 적힌 허드렛일로 가득한 경력은 내 인생에 그다지 도움이 되지 않았다. 한마디로 '물 경력'이었다.

스물넷. 2015년 여름. 콜센터에서 일하던 때였다. 퇴근 후 편의점에 담배를 사러 갔는데 이상하게도 카드가 긁히지 않았다. 다른 카드, 또다른 카드를 내밀어도 매한가지였다. 장례식 직후 변호사를 만나 상속 관련한 서류를 모두 처리한 상황이었다. 변호사는 사람 좋은 얼굴로 다 끝났다고 말했지만 그게 시작이었다. 채권자들은 언제든 자유롭게 내게 소송을 걸 수도, 내 통장을 압류할 수도 있었다. 그리하여 나는 내 이름 석 자로는 아무것도 하지 못하는 사람이 되었다. 이 사회에서 마치 유령 같은 처지가 됐다.

처음으로 통장이 압류되던 날, 수중에 현금이 한 푼도 없었다. 당시 만나던 남자친구가 택시비를 내줄 테니 자기 자취방으로 오라고 했다. 그날따라 여의도 도로는 어디 통제라도 된 듯 옴짝달싹도 못하도록 꽉 막혔다. 하염없이 창밖을 봤다. 차가 기어가니 풍경도 멈춰 있었다. 내 인생도 멈춘 기분이었다. 눈앞이 캄캄했다. 그런데도 간만에 타는 택시가 너무 편해 눈물이 날 것만 같았다. 사람들 사이를 비집고 들어가야 하는 만원 지하철을 타고 매일 출퇴근하던 터였다. 푹신한 의자에 앉아 솔솔 불어오는 시원한 바람을 느껴본 게 얼마만이던가. 압류라는 단어를 잊어도 될 만큼.

"기사님, 오늘 제 통장이 압류됐어요. 그래서 지하철 탈 돈이 없더라고요. 남자친구가 택시비 내준다고 해서 오랜만에 택시 타봐요."

택시 기사님과 개인적인 대화를 나눠본 적이 없었는데 그날은 달랐다. 서늘한 이야기를 아무렇지 않게 꺼냈다. 오늘 날씨가 참 좋네요, 뭐 그런 일상적인 보통의 이야기처럼. 그런 뉘앙스로 이야기해보고 싶었다. 울면서 이야기한다고 달라지는 것은 없으니까.

"아가씨, 혹시 담배 피워요?"
"네."
"그럼 같이 피웁시다."

지하철로 간다면 삼십 분이면 갈 거리를 교통 체증으로 한 시간 반이 걸려 도착했다. 택시 기사님과 그 긴 시간 동안 말 없이 담배 연기로 차 안이 자욱해질 정도로 줄담배를 연신 피 웠다.

"행운을 빕니다."

기사님은 가벼운 인사를 건네고 택시는 골목 모퉁이를 지 나 멀어져갔다. 드라마나 소설처럼 감동적인 일도, 인생을 바 꿀 만한 전환점이 된 사건도 아니었다. 그저 그날은 통장이 압류됐고, 담배를 많이 피운 날이었다. 그런데 그 한 시간 반 이 그후의 나를 지독하게 살게 했다. 그날만큼은 내가 믿던 세상에 배반당하지 않은 기분이었다.

국가에서 시행하는
심리 부검
면담에 참여했다.

심리 부검이란?

유족과의 면밀한 면담 및 유서 등 기록 검토를 통해
고인 사망에 영향을 미쳤을 다양한 요인을 살피는
체계적인 조사법으로, 자살에 이른 원인을
추정하고 고인의 삶을 통합해나가는 과정이다.

간단히 말해 자살 사망자의 죽음에 관한
정신적, 행동적 요인을 규명하는 행위다.

심리 부검 자료를 자살 사망자의
건강보험 데이터와 연결하면 폭넓은 분석이
가능해지고 자살 사망 데이터베이스를 구축해
이후 다양한 분야의 자살 예방 연구
수행에 기여할 수 있다.

고인이 사망할 당시의
기억과 살아 있을 때의
세밀한 정보를 복기하여
구술하는 작업이기에

휴, 이거 만만치 않네.
마음을 단단히
먹어야겠어.

심적으로 꽤 힘든 경험이었다.
개개인에 따라 차이가 있지만
소요 시간이 짧지 않다.

두세 시간 동안 내가 기억하는
아빠의 단면을 꺼내보았다.

마치 어제 일처럼 생생하면서도
아빠의 삶과 죽음이
없었던 일처럼 느껴지기도 했다.

수고하셨습니다.

그의 기나긴 삶과 죽음을
짧은 시간 안에
설명하다니 허무했다.

집에 언제 가지.

화ㅡ

하지만 이 작업은 내게 필요한 일이었다.
당신의 일대기를 반추하고
당신의 마음을 헤아리려는 시도로

당신을 위해,
그리고 남겨진 나를 위해.

이따금 빛나던 이의 사망 소식이 들려올 때면
말로 형용할 수 없을 만큼 가슴이 미어진다.

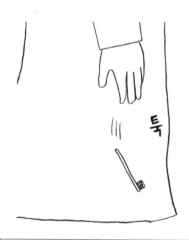

자살 사별자 자조모임 사람들이 생각나
서둘러 모임에 참석했다.

179

직접적으로 알거나 가까운 사이가
아니어도 누군가의 죽음에 감정적으로
크게 영향을 받을 수 있다.
나 역시 그렇다.

그런 때일수록

서로가 서로의 쿠션이 되어줄 수 있도록
혼자 모든 감정을 끌어안지 않으면 좋겠다.

경향신문의 자살 생존자 특집 기사
인터뷰에 응한 적이 있다.
기사의 제목은
「우리는 모두 자살 생존자입니다」였다.

사회가 조금씩 변해가고
나처럼 고립되어 있던 사람에게
관심을 가져주는 것 같아 기뻤다.

자살 생존자는 주변의 누군가를 자살로 잃어
그 영향을 받는 '모든 사람'을 뜻한다.

연구에 따르면 한 사람의 죽음은
적게는 5명, 많게는 28명에게
영향을 미친다고 한다.*

*출처: 통계청, 중앙심리부검센터.

OECD 국가 중 자살률 1위인
한국에서 우리는 누군가의 죽음을
흔하게 목도하고 거기에 영향을 받는다.

그렇게 생각해보면 기사 제목처럼
우리 모두가 자살 생존자일 것이다.

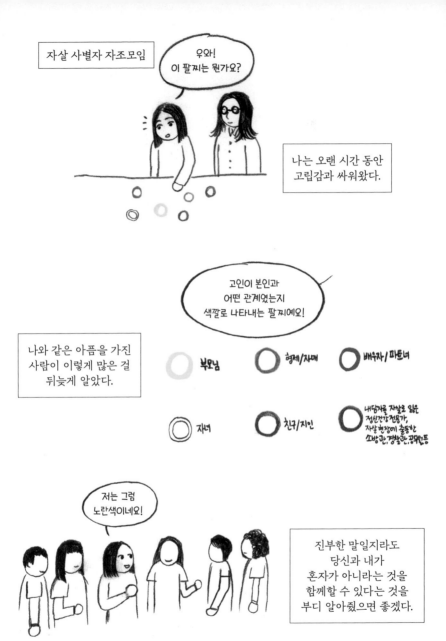

자살 사별자 자조모임

우와! 이 팔찌는 뭔가요?

나는 오랜 시간 동안 고립감과 싸워왔다.

고인이 본인과 어떤 관계였는지 색깔로 나타내는 팔찌예요!

나와 같은 아픔을 가진 사람이 이렇게 많은 걸 뒤늦게 알았다.

부모님

형제/자매

배우자/파트너

자녀

친구/지인

내담자를 자살로 잃은 정신건강 전문가, 자살 현장에 출동한 소방관, 경찰관, 공무원 등

저는 그럼 노란색이네요!

진부한 말일지라도 당신과 내가 혼자가 아니라는 것을 함께할 수 있다는 것을 부디 알아줬으면 좋겠다.

183

보편적 무례함

기억에 남는
인터뷰가 있다.

자살하려는 사람들에게
유가족이 얼마나 힘든지에 대해
설명을, 그러니 죽지 말라고 전하는
말씀을 해주신다면요?

...?

그 질문에 나는
어안이 벙벙했다.

나의 인터뷰가 어떤 형태의
기사로 소비될지가 느껴졌다.

화가 났다.

그리고 그는 무례하기 짝이 없었다.

그때 나는

작가님?

박차고
나가고 싶다.

아, 네.

그 무례함에 맞설
용기가 부족했다.

보편적인 무례함에 익숙해져
체념한 내 모습이 무력하기만 했다.
이제는 바뀌어야 하지 않을까?
당신들.

그만큼
힘들었거든요.

축제에는 자격이 필요 없다

여러 언론사와 인터뷰를 하며 느꼈다. 왜 나를 슬픔과 고통에
잠긴 사람으로만 담으려 할까? 왜 우리를 피해자성에 가둘까?

나는 때때로 즐거움을 느낀다. 일상 속에서 작은 기쁨을
찾고, 행복한 마음으로 아빠를 기억한다. 슬픔이 찾아와 눈
물을 흘릴 때도 있지만, 눈물방울을 닦아내고 뒤돌아서 밥을
하러 간다. 그런데 많은 인터뷰어가 내가 우는 순간을 기다리
는 듯했다. 괴로움과 트라우마로 점철된 삶을 끄집어내고 싶
어했다. 괴롭지 않은 것은 아니지만, 괴롭지 않기도 했다.

자살 생존자와 자살 고위험군을 지원해주는 제도가 아직
제대로 마련되어 있지 않기도 하지만, 사실 제도 이전에 사회
의 시선부터 바뀌어야 한다고 느낀다. 한 사람 한 사람의 시
선과 잡음이 모여 한 사회의 문화가 만들어진다. 나의 경우에

도 많은 사람에게 기상천외한 질문을 많이 받았다. 하지만 그럴 때마다 나는 불쌍한 피해자가 아니라고, 자살 고위험군인 사람들도 남겨진 사람들도 고립되지 않도록 도와야 한다고 답할 뿐이었다. 안전하다고 믿어온 한 사람의 세상이 부서지고 산산조각날 때, 그들에게 손길을 내밀 수 있는 존재는 결국 다른 사람이다.

가끔 동창들에게 연락이 온다. 사실 나도 자살 생존자라고. 그런데 그 이야기를 밖에서 말할 수 없다고. 개인적이고 비밀이 보장되는 핸드폰 문자로나마 내게 고백한다고. 한국 사회에서 자살 생존자의 수는 최소 7만 명에서 14만 명으로 추산된다고 한다. 그런데 그들의 목소리는 온데간데없이 사라져 있다. 사람들은 자랑거리도 아니고 고인을 욕보이는 일을 왜 이야기하느냐고 한다. 고통 포르노라고 말한다. 처음 내가 자살 생존자라고 밝혔을 때, 나를 도우려는 사람도 만났지만 곱지 않은 시선을 보내는 사람도 있었다. 진심으로 내게 발언권을 넘겨준 이도 있었지만, 나를 처참한 상황에 처한 사람으로 그려내려는 이 또한 존재했다. 그래서 내가 인터뷰에 응한 기사에 달린 댓글을 잘 보지 않았다.

지난 세월 동안 '자격'에 대해 정말 많이 고민했다. 모든 질문의 출발은 이러했다. 나는 행복할 자격이 있을까? 말할 자격이 있을까? 슬퍼할 자격이 있을까? 나를 탓하지 않을 자격이 있을까? 제대로 일상을 영위할 자격이 있을까? 그 질문은 끝도 없이 이어졌다. 식빵에 잼을 바르는 순간에도, 물을 틀

어 접시에 묻은 세제 거품을 씻어내는 순간에도, 깎은 손톱을 모아 쓰레기통에 버리는 순간에도, 아침 수영을 가는 버스에 앉아서도 생각했다. 나는 '자격'이 있을까? 자기 삶을 사는데는 자격 조건도 삶의 당위성도 필요 없는데, 왜 나는 자살 생존자라는 이유로 이런 죄책감을 갖는지, 사람들이 나의 자격을 논하는지 오랫동안 괴로웠다. '자살 생존자'로서 이야기하는 일을 사람들이 부정적으로 볼까봐 두려웠다.

가끔 한 사람의 손길에 무언가가 변하는 일을 경험했다. 혼자 할 때는 깨끗하게 이뤄지지 않던 청소도 누군가 도와주면 예상한 시간보다 빨리 말끔하게 치워졌다. 함께했을 때 더 멋진 무언가를 만들어냈다. 우리는 촛불을 들고 광장으로 나가 세상을 바꿨고, 팻말과 깃발을 들고 걸어다니면서 많은 폭력을 막았다. 그 경험은 내 삶의 중요한 축이 되었다. 그렇기에 사람들 간의 연대로 고립을 막을 수 있다고 믿는다.

방에서 나오지 못하면서 삶의 자격을 끊임없이 생각하고 고립되는 나보다 사람들과 함께 시끄럽게 떠드는 내가 더 좋다. 언젠가는 우리의 존재를 드러내는 축제를 부산스럽게 벌이고 싶다. 해외에서는 자살 생존자들이 서로를 안아주고 행진을 하고 축제를 즐긴다. 그것처럼 우리가 어떤 감정을 느끼건 어떤 모습을 하고 있건 우리 존재를 당당하게 세상에 내보이고 서로를 포용하고 안아주며 축배를 즐기고 싶다. 사회에서 생각하는 자살 생존자의 정형화된 모습에 자신을 끼워맞추는 대신, 각기 다른 우리 자신으로 살아내면 좋겠다. 누군

가 그 긴 터널을 지나갈 때 그동안 함께 손을 잡아주고 한 발
자국 한 발자국 나아가고 싶다.

만화에서 아직 밝히지 않은,
내 삶에서 굉장히 중요한 이야기가 있다.

아주 평범한 나의 한 부분.

만화에서 아직 밝히지 않은,
내 삶에서 굉장히 중요한 이야기가 있다.

아주 평범한 나의 한 부분.

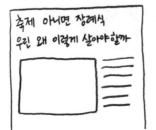

언젠가 이런 제목의 기사*를
읽은 적이 있다.

*기린, 「축제 아니면 장례식, 우린 왜 이렇게 살아야 할까」,
오마이뉴스, 2017년 12월 5일.

진짜 맛있다!

내 것도
먹어봐.

가끔 한국에서 성소수자로 산다는
것은 그 자체로 투쟁 같다.
단지 나로 살기 위해 많은 것을
감당해내야 하기에.

우리 자신으로 살기 위한
너무 많은 차별과 혐오.
너무 많은 부고.
너무 많은 고립.

성소수자 커뮤니티의 모든 이에게
코로나와 함께 찾아온 지난 3년은 정말 가혹했다.
함께 생존해온 아름다운 이들을 떠나보냈다.

2017년 한국 성인 LGB의 건강 연구 결과에 따르면
LGB의 자살 시도 비율은 일반인에 비해
9.25배나 더 높다고 한다.*
또한 2018년 트랜스젠더 건강 연구 조사에 따르면
트랜스젠더의 자살 시도 비율은 40%다.**

*이호림 외, 「한국 동성애자·양성애자의 건강불평등: 레인보우 커넥션프로젝트 I」, 「한국역학회지」 39, 2017.

**이혜민 외, 「한국 트랜스젠더의 의료적 트랜지션 관련 경험과 장벽: 정신과 진단, 호르몬요법, 성전환 수술을 중심으로」, 「한국역학회지」 40, 2018.

우리의 삶이 투쟁이 아니면 좋겠다.
사랑하는 이들과 안전한 일상을
당연하게 누리고 싶다.

사랑은 혐오를 이기니까
너의 내일을 우리가 지킬 거니까
당신과 내가 함께 살아가면 좋겠다.

이십대 때 콜센터에서 일할 때
함께 입사한 동기들은
대부분 또래의 가난한 여성이나
경력 단절이 된 언니들이었다.

우리는 최전방에서 정말 열심히 일했다.

옆자리 언니는 증권사 팀장이었다.
앞자리 언니는 명품 매장 관리자였다.
뒷자리 언니는 통역사였다.

불안정한 저임금 서비스직인
이 일조차 언제까지 할 수 있을지
모른다는 게 더 무서웠다.

이상하게도 남자 동기와 동창의
취업 소식은 줄줄이 들려왔다.
우리보다 더 좋은 조건으로.

조사에 따르면 응급실에 내원한
전체 자살 시도자 중
이십대 여성의 비율이 20.4%로 가장 높다고 한다.*

*출처: 보건복지부, 2020년 응급실 내원 자살 시도자 현황.

생명은 소중하다고 사회에서
무수히 외치지만 정작
사람의 권리는
소중하지 않게 대한다.

우리는 더 많이 화내는
존재가 될 거야.
우리는 생존하고 말 거야.

소중한 사람과의
일상을 지킬 거야.
우리는 서로의 용기가
될 테니까.

어느 날 아빠의 메신저 프로필 사진이
학사모를 쓴 대학생의 모습으로 바뀌었다.

콜센터에서 여느 때처럼
한 통의 전화를 받았다.

안녕하십니까?
무엇을 도와드릴까요?

저……
남편이 죽었는데
죽은 남편의 핸드폰을
정지 상태로 계속 살려둘
수는 없나요?

200

그 사람은 절박한 목소리로 울고 있었다.

고객님

어려운 점 양해 부탁드립니다.

나는 매뉴얼대로 읊을 수밖에 없었다.

그런데요 고객님, 저도요.

그 절박한 마음, 감히 이해해요.

자살예방센터 간호사 선생님은
내게 주기적으로 연락을 주시고
집에 찾아오셨다.

그리고 나의 근황과 일상을
찬찬히 묻고 들어주셨다.

203

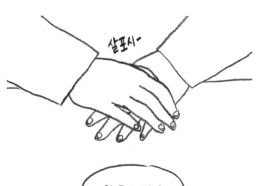

살포시—

옷는돌씨, 저는요.

옷는돌씨의 힘을 믿어요.
여태껏 그 힘을 기르는
과정을 지켜봤고
함께 해왔으니까요.

씩씩하고 건강하며
깊이 있는 삶의 한 터널을
지나가시기를 바라요.

그 말이

그 존재가

나를 안심시켰다.

3부

여름

얼마 없는 통장 잔고.

그래도 긁어모으니 여행 갈 돈 정도는 됐다.

내게는 진정 휴식이 필요했다.

내가 자살을 시도한 곳은
아늑하게 꾸린 나의 집 베란다였다.

그때는 삶이
그저 지옥 같았다.

잠깐 쉬는 것도
괜찮으려나.

이제는 내가 내게
선물을 줄 시간.

210

조용하고
따뜻하고
아름다운 곳.

다녀올게!

그렇게 나는
치앙마이로 도망갔다.

튜브

둥실

둥실

지독했던 시간이 지나갔다.

나는 큰 파도에 휩쓸려
쉼없이 돈만 벌 수밖에 없었다.
트라우마는 덤이었다.

또 소송이 걸리면 어쩌지?
또 압류되면 어쩌지?

다 돈이 문제였다.

철푸덕

지난 내 삶에
튜브나 구명조끼 같은
것은 없었다.

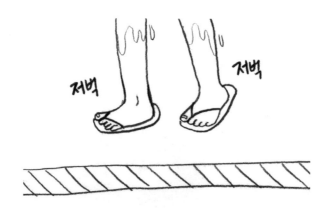

214

대신 내가 튜브가 되겠어.

가능하면 많은 사람에게.

작은
희망

우울증이 나으면
어떤 기분일까요?

많은 환자분이 이렇게
이야기하세요.

세상에 이렇게 많은 색이
존재하는지 몰랐노라고.

생각해보니 현재 내가 인식하는
세상은 흑백에 가깝다.

만화에서 흔히 보는
주인공 캐릭터처럼 실제로
내 스타일은 매우 화려하다.

내가 인식하는 세상은
이 만화 속 세상처럼
흑백과 같지만 말이다.

하지만 결국 둘 다 나다.

내게도 희망이 보였다.

SK1234 12시간
힘내!!!
답글달기 ♡

ABC4321 11시간
우리 함께 살자, 죽지말고..
답글달기 ♡

PUPPY21 8시간
살아줘서, 용기내줘서
고마워..
답글달기 ♡

GOOD12 5시간
아게 무슨일이야.. 너무 놀랐어
괜찮니? 😔
답글달기 ♡

:

SNS에 자살 생존자로서 힘든 시간을 보내왔고
최근 자살 시도를 했다고 고백한 이후로
정말 많은 연락을 받았다.

ART123 1시간
선생님에게 받은 마음이 너무나 많아요.
이렇게 선생님을 잃을 수 없어요.
답글달기 ♡

그중 한 댓글에 나의 시선이 우뚝 멈췄다.

나는 지난 8년간 미술대학
입시 과외 선생님으로 일했다.

학창 시절에는 입시 미술이
끔찍하게 싫었다.
그림을 좋아하지만
실력이 좋지는 않았다.

그래서 판에 박힌 상식이 아닌
자신이 좋아하는 것이 무엇인지
더 나아가서는 본인 삶에서
무엇이 중요한지 함께 찾아가는
수업을 학생들에게 하고 싶었다.

개인적인 이야기나 우연히 마주친
무언가에서 자신의 관심사와
시야까지 이어지도록
길잡이 역할로서 그들을 도왔다.

나는 학생들 개개인과
많은 이야기를 나눴다.
그리고 학생들은 자신에 대해
많은 글을 썼다.

다다이즘   플럭서스   큐비즘

미술사, 인문학 같은 이론도 가르쳤지만
그건 형식적인 수업이었다.
그보다 가장 전하고 싶었던 것은,

꼭 대단한 작가가 되지 않아도 괜찮아.
멋진 사람이 되지 않아도 괜찮아.
결과물이 완벽하지 않아도 괜찮아.
엉성해도 돼.

좋은 작품을 접해 멋진 경험을 하고
어떤 모양새로라도 성장했다면 그것으로 충분해.

이러한 말이었음이
전해졌던 걸까?

나는 죽기로 결심하기 전에
나도 모르게 마음을 나누고
살고 있었구나. 학생의 한마디가
절망 속에 있던 나를 살게 했다.

223

마음의 고향

여행을 가기 전, 옛 학생들과
오랜만에 만났다.

학생들은 나를 선생님이라고 부르지 않고
내 이름을 줄여 돌짱이라고 부른다.

애인과
헤어진 이야기

곧 휴학할
것이라는 소식

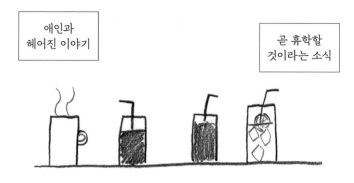

글을 쓰기 시작했다는 근황

우리는 수다를 떨며
웃음꽃을 피웠다.

내가 자살 시도한 것에 대해서는
아무도 묻지 않았다.

질문 대신 꽃무늬가 들어간
귀여운 모자를 선물받았다.

우리는 서로의 안녕을 묻고
다시 각자의 삶으로 돌아왔다.

마음의 고향
참 멋진 말이다.

우리는 우리를 모르고

치앙마이 여행을 가기 전
친구에게 만화 콘티 일부를 보여줬다.
나와 많은 시간을 공유한
가장 사랑하는 친구였다.

친구는 아빠의 장례식 때
생활용품을 가져다줬다.

가장 힘들던 시기의
내 모습을 친구는 보았다.

228

친구는 꼼꼼하게
콘티를 읽어줬다.

안절부절

딸랑~

재미없으면 어떡하지?
별로라고 하면?

친구는 만감이 교차했다고 말했다.
그의 눈물에는 수만 가지 감정이
담겨 있었겠지. 아마 그는
나의 아픔을 거의 이해했을 것이다.

자, 휴지.

웃는돌아,

너에 대해 많이
안다고 생각했는데

슬프지만 우리는 삶의
모든 모습과 아픔을 서로 낱낱이
알 수는 없다. 이렇게 나누는
것으로 충분할 테지.

사실
몰랐던 거였어.

여
유
는

어
려
워

다들 여유롭네.

그동안 내게 여유는
사치에 불과했다.

예상치 못한 사고와
갑자기 덮치는 트라우마에
대비하기 위해
경주마처럼 달려왔다.

그런데 멈춰보니
크게 달라지는 것은 없었다.

그토록 나를 쫓아오던
막연한 공포의 정체는

나 자신이었다.

나에게 자애로운
휴식 시간을 내어준 적이
없다는 것을 깨달았다.

쫓기지 말자.
나에게.

무브! 무브!

차갑다……

첨벙 첨벙

며칠째 물장구만
치는 중.

성큼

성큼

나는 용기를 내
물속으로 뛰어들었다.

따뜻한 수영이었다.

평화롭게 치앙마이에서 생활하던 중

혼자 있을 내가 걱정된다며 친구가 나타났다!

망고가 목적이었던
것 같지만······

추운 겨울날
죽기로 결심했을 때
친구에게 문자로
작별인사를 보냈다.

친구는 차라리 같이 죽자고
아니, 같이 살자고 했다.

우리는 볕 좋은 들판에 함께 있다.
그리고

함께 살아가자는 약속을
지킬 수 있게 됐다.
함께 살아가자, 우리.

가족에 대하여

만화에 아빠의 모든 주변인 이야기를 넣지는 않았다. 그들을
보호하기 위함이었다. 그런데 내 의도와 다르게 만화가 읽힐
때도 있었다. 특히 사람들은 엄마 이야기를 민감하게 받아들
였다. 장례식에 오지 못했던 만큼 많은 오해를 받았다. 하지
만 엄마는 내 삶에서 절대로 빼놓을 수 없는 존재이기에 엄마
이야기를 꺼내지 않을 수 없었다.

　　만화 연재중에 업데이트하기 전, 엄마에게 내가 그린 만화
를 보여줬다. 엄마가 어렵사리 허락해준 덕에 엄마 이야기도
만화에 담을 수 있게 됐다. 사실 내가 보기에 엄마는 아빠의
죽음을 인정하지 못했다. 실제로 그런 시기도 있었다. 시간이
지난 후에야 엄마는 아빠의 죽음을 나와 다르게 받아들인 것
뿐이라는 사실을 깨달았다. 엄마는 자기 나름대로 아빠의 죽

음을 받아들였는데, 당시 나는 적극적으로 외부에 도움을 요청하지 않는 엄마가 답답하기만 했다.

아빠는 엄마의 오빠인 외삼촌과 국민학교 시절부터 절친한 사이였다. 아빠의 생일잔치를 엄마네 집에서 할 정도로 가까이 지냈다. 엄마는 그러니까 아빠와 함께 자라 많은 시간을 보냈고, 영원을 약속하는 사이까지 된 거였다. 그리고 내가 태어났다.

아빠가 세상을 떠났을 때, 엄마와 아빠는 별거중이었고 이혼을 준비하고 있었다. 하지만 둘 다 적극적이지는 않았다. 엄마와 아빠가 이혼 서류를 쓰려고 만났을 때의 얘기를 들은 적이 있다. 아빠는 호텔 로비에 위치한 카페의 창가 자리에서 엄마를 만났다고 했다. 오랜만에 엄마를 봤는데 역시 세상에서 가장 예쁜 사람이더라고 했다. 얼굴이 예쁘다는 말과 사뭇 다른 뉘앙스였다. 사람이 참 예쁘더라. 사람이. 아빠를 믿고 사랑한 엄마의 마음도, 감당하기 어려운 현실도, 실망시키기 싫은 아빠의 마음도 이제는 모두 이해가 간다.

내게는 엄마, 아빠였지만 엄마에게 아빠는 '오빠'였다. 엄마는 아빠가 죽었을 때 목놓아 울었다. "오빠, 오빠" 하염없이 외치며 울었다. 엄마한테 아빠는 오빠이자 연인이자 친구이자 동반자였다. 엄마가 아빠와 함께 보낸 시간을 다 알지 못하지만, 오열하는 엄마를 보며 눈물을 참지 못했다. 엄마는 언젠가 아빠가 건강해지고 다시 일도 열심히 해서 엄마를 만나러 올 것이라며 자꾸 이혼을 미뤘다. 오만하게도 엄마의 기다림이 바보 같다고 생각했다. 꼭 재기에 성공할 테니 다시 같이 살자고 하는 아빠의 말을 나는 믿지 못했다. 그들의 사랑의 깊이를 이해할 수 없는 나이였으니까.

다투다가 결국 별거를 결정한 날, 엄마와 아빠가 나누는 대화를 모두 들었다. 엄마는 자신이 버는 돈으로는 생계를 유지하기 어려우니, 이사갈 만한 집을 보고 왔다고 말했다. 반지하 주택이나 작은 아파트로 이사가자고 아빠를 설득했다. 아빠는 그딴 식으로는 살고 싶지 않다고 불같이 화를 냈다. 그 싸움은 서로에 대한 비난으로 이어졌고, 결국 아빠는 엄마에게 따로 살자고 이야기했다. 엄마는 아빠를 설득하다가 말이 통하지 않자 무기력하게 알겠다고 답했다. 그렇게 엄마는 아빠를 계속 기다렸다. "네 아빠는 언젠가 돌아올 거야"라는 말을 계속했다. 어린 나는 그들에게 말하고 싶었다. "엄마, 아빠는 돌아오지 않을지도 몰라." "아빠, 엄마에게 돌아가지 못할지도 몰라."

염을 한 뒤 차가워져버린 뽀얗고 퉁퉁 불은 아빠의 손을 잡으며 생각했다. 엄마가 이 모습을 보지 않아서 다행이지 않을까. 유쾌하고 멋진 모습만 기억하는 편이 더 좋지 않을까. "오빠, 오빠" 하며 아이처럼 울던 엄마가 생각났다. 그래, 차라리 이 모습을 영영 모르는 편이 낫겠어. 그래. 그래.

왜 가족이 애도 공동체가 되지 못하는가에 대해 생각해왔다. 모든 가족과 계속 행복하게 지내고도 싶었다. 그런데 슬픔과 원통함의 크기가 각자 너무나 다르고 해저처럼 깊어서 내가 함부로 다 담을 수 없었다. 생살을 가르고 낳은 가장 아픈 손가락이었던 아빠를 잃은 할머니의 심정은 감히 헤아릴 수 없었다. 아빠를 너무나 사랑했던 고모의 심정을 감히 이해한다고 말할 수 없었다. 아빠와 엄마, 그리고 모든 친척이 나의 사랑하는 가족이었다. 여기에는 가해자도 피해자도 없고 그저 남겨진 사람 각자의 몫이 있을 뿐이다.

언젠가 "많이 아팠지?"라며 서로를 끌어안을 날이 오면 좋겠다. 아마, 가족들 모두 마음속 깊이 서로의 행복을 빌고 있을 것이다. 아빠를 사랑했던 이들이 각자의 자리에서 마음을 다독이며 부디 안온한 일상을 보내기를 바란다. 우리의 삶은 계속 흘러갈 테니까.

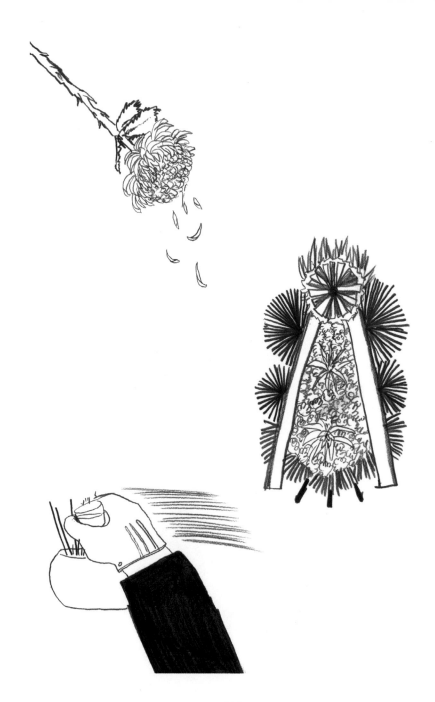

아빠의 장례식에
많은 사람이 왔다.

초대받지 못한
한 사람을 제외하고.

그건 바로 엄마였다.

이름 없는 여성

그녀는 이름
석 자가 없다.

그녀는 요리를 잘하고
내조를 잘하며 아름다운
현모양처로 불렸다.

그녀는
나의 엄마라고 불렸다.

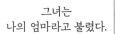

251

가정에 최선을 다하는
그녀의 노력은 이상하게도
당연한 것이었다.

아빠의 장례식은
애초에 그녀가
없었다는 듯 치러졌다.
그녀는 다른 사람이 없는
새벽에만 올 수 있었다.

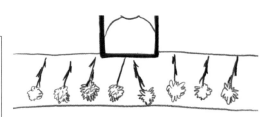

둘이 별거중이고
사이도 안 좋았대.

애가 저런 건
엄마 탓이지.

얼마나 모질게
굴었으면 그래?

딸이 그런 일 겪을 동안 애
엄마는 뭘 한 거야?

자살 생존자들은 저마다의
짐을 지고 살아간다.
그녀에게는

아빠가 엄마 명의로 낸
법적으로 해결할 수 없는
빚더미와

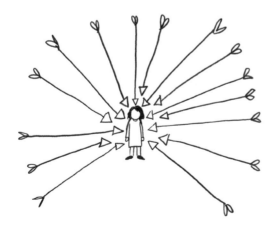

온 세상의 비난이라는
짐이 있었다.

그녀는 예중, 예고 출신으로
우수한 성적을 유지하며
음대에 입학했다.

학사, 석사 시절 뛰어난
실력으로 모두에게
주목받으며 기대를 샀다.
그러던 중

결혼을 했다.

그 시절 대부분의 여성이
그랬던 것처럼 말이다.

아이를 낳고 육아에 전념했다.
자연스럽게 학업과 커리어는 끊겼다.

남편이 쓰러져
생사를 오갈 때 곁에서
그를 돌봤으며

조금 더
빠르게!

가세가 기울었을 때
음악 레슨과 오케스트라 활동을
다시 시작해 생활에 보탬이
되려고 최선을 다했다.

그녀는 항상
누군가의 아내나 누군가의
엄마로 불렸다.

하지만 그 뒤에는 악착같이 열심히 살아온
이름 석 자를 지닌 강인한 여성이 있었다.

여보세요?
응, 엄마.
맴맴—
맴맴—

자살 유가족 자조모임에 참여하게 됐는데 가족과 함께 참여할 수도 있더라.
혹시 엄마도 같이 갈래?

그때는 상실의 아픔을 받아들이는
방식과 속도가 제각각 다르다는
사실을 미처 몰랐다.

엄마는 아빠와 아주 어릴 때부터
가족처럼 함께 자랐고
결혼해 20년이 넘는 세월을 같이 살았다.

엄마는 평생 아빠를 많이 사랑했다.
나와 다른 형태로.

고유한 선로의 열차

상실을 겪은 수많은 자살 생존자가
고인과 단일하지 않은 관계를 맺는다.

그들의 경험은 고유하기에
각기 다른 일을 겪는다.

262

나는 고인의 주변 사람들과 함께
위로하고 애도할 수 있다고 생각했다.

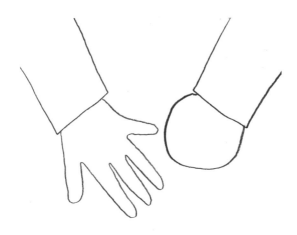

그런데 그것은 정말 어려운 일이었다.
감정, 애도 방식, 애도과정, 고인과의 관계가
모두 다르기에.

혈육인 유가족이라고 해도
서로 공감하기 어렵거나
애도의 과정이 다를 수 있다.

또한 연인, 친구, 지인,
동료인 경우에는 유가족에
해당하지 않아 동일한
상실 앞에서 여러 어려움을
겪기도 한다.

반드시 모두가 같은 선로에서
열차에 탑승하는 것은 아니다.
그러니, 슬퍼하지 않으면 좋겠다.

우리는 모두 다른 선로의
열차에 탑승할 것이다.

행선지도 속도도 방향도
전부 다르겠지만

앞으로 나아간다.

자살 시도 이후, 엄마와 함께
바다를 보러 간 적이 있다.

엄마는 클래식 음악을
사랑한다.

엄마는 늦은 나이에
다시 석사 공부를 시작했다.

내 나이 또래의 학생들과
함께 수업을 들어야 했지만
엄마에게 그건 중요치 않았다.

독주회 같은 인생에서

작은 지역 오케스트라 단원의
인생으로 바뀌었다 해도

그녀의 인생에서
그녀는 주인공이다.

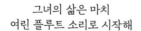

그녀의 삶은 마치
여린 플루트 소리로 시작해

웅장한 멜로디로 진행되는

그녀가 가장 사랑하는 클래식 곡인
라벨의 <볼레로> 같았다.

살아가야만 하는 이유

인터넷에 이 책의 토대가 된 웹툰을 연재하면서 독자들에게
많은 질문을 받았다. 누구도 답하지 못할 질문도, 다소 폭력
적이고 공격적인 질문도 섞여 있다. 그중 가장 기억에 남는 질
문이 있다.

"그럼에도 삶을 지속해야만 하는 이유가 무엇일까요?"

열반에 오른 신은 아니라 이 질문에 똑 부러지게 답할 수는
없겠지만 내 나름대로 답해보자면, 나의 대답은 단순하게도
이러하다. 나도 잘 모른다. 모두가 각자 다른 이유로 살아갈
테고 때때로 그 이유는 허망하게 사라지기도 할 것이다. 새로
운 이유를 찾아 여행도 떠나고 헛된 희망을 붙잡고 살아가기

도 할 것이다. 그럼에도 살아가야만 하는 이유가 있을까? 현재의 나에겐 딱 떨어지는 이유는 없다. 다만 내가 꾸려갈 작은 마당 같은 앞날이 궁금해졌을 뿐이다. 독자들과 내 주변의 사랑하는 사람들과 함께 그것을 찾아나가고 싶다.

자살을 낭만화하는 것도 비관하는 것도 동의할 수 없다. 태생이 어떻게든 희망을 발견해내려는 사람이지만 그렇다고 머릿속이 낙관으로만 가득찬 사람은 아니다. 자살 결사반대를 외치며 생명 존엄에 대해 논할 만한 그릇도 못 되고 자살을 권장할 수도 없다. 중간에서 오도 가도 못하는 생각이 산재해 있을 뿐이다. 자살 시도자이자 자살 생존자로서, 끝이 보이지 않는 험난한 길을 걷다가도 시야를 넓히면 끝이 오기도 하며 다른 선택지로 나아갈 수도 있음을 알게 됐다.

죽으려 결정했을 때 내게 죽음 외에 다른 선택지가 없다고 느꼈다. 대안이 보이더라도 그 길로 갈 힘이 없었다. 끝없이 펼쳐진 가혹한 현실은 날 죽음으로 인도하는 듯했다. 최선을 택하지 못할 처지라 차악을 선택하는 것만 같았다. 모든 자살 시도자의 마음을 헤아릴 수는 없지만 적어도 나는 그랬다. 한 사람의 마지막이 자살이라고 해서 그들의 다채로운 삶이 비극으로만 가득한 것은 아니다. 언론에서 얘기하는 '극단적인 선택'이라는 말로 한 사람의 삶을 설명할 수 없다. 나는 감히 그들이 생전에 최선을 다했을 것이라 믿는다.

이야기를 하다보면 원점으로 돌아오게 된다. 그럼에도 죽지 않고 살아가야 할 이유는 무엇인가. 도리어 우리가 반드시 딱 떨어지는 이유를 가지고 살아가야만 하느냐고 반문하고 싶다. 우리의 삶은 가변적이며 변화무쌍해서 누구도 정확하고 완전하게 예측할 수 없다. 설령 용한 점쟁이라고 해도 말이다. 우리는 삶을, 살면서 닥쳐올 이해할 수 없는 사건을 이해하려고 무진 애를 쓰며 살아간다. 하지만 삶은 무어라 정의할 수 없는 것이다. 사람은 고쳐 쓰는 것이 아니라고 말하지만, 그 말을 반은 신뢰하고 반은 신뢰하지 않는다. 사람은, 삶은, 변하기도 하더라. 마찬가지로 나의 상태도 계속해서 변한다.

나를 살아가게 하는 거창한 사명은 없어도 삶은 계속된다. 밀린 빨래와 설거지, 하루에 딱 두 잔만 마시는 시원한 아메리카노, 노동 후의 고단함과 성취감, 달콤한 디저트, 좋은 사람들과의 만남. 좋은 것이라 믿었던 것이 나빠지는 순간, 시간이 가길 바라며 담배를 태우는 순간, 정신없이 지나가버리는 순간, 아웃풋 없이 이렇게 살아도 되는지 고민하게 되는 순간. 별것 아닌 순간이 계속해서 지나간다. 그런 순간이 삶을 지탱해주기도 한다. 울면서 빨래를 널다가도 다 마른 뽀송한 세탁물 냄새를 맡으며 떡볶이를 먹는 날도 있다. 간간이 찾아오는 소소하고 작은 행복과 힘든 나날의 연속이다. 행복한 순간만 음미하고 싶은 때도 있었지만, 가끔은 다양한 형태로 찾아오는 일상이 감사하다. 이러한 것들이 켜켜이 쌓여 새로운 길을 만들어준다는 사실을 알게 된 후 임계점을 넘기려 애쓰며 뛰지 않게 됐다. 걸어갈 때 보이는 행복이 있고 뛸 때 느끼는 행복이 있더라.

행복이 없어도 불행이 있어도 삶은 계속되지만 저마다의 행복과 불행을 기꺼이 느끼며 살아가고 싶다는 것. 실은 완전한 행복도 불행도 없다는 것. 삶을 지속 가능하게 만들고, 회복하게 돕는 것은 타인과 함께 고통을 나눌 때라는 사실. 딱 30년 살고 그걸 깨달았다. 내가 용기를 낼 수 있었던 것은 자신만의 삶의 결을 찾고 헤매는 사람들 덕이다. 흔한 말일지도 모르겠다. 우리는 혼자가 아니다. 삶은 지속되다가도 끝난다. 그날까지 이왕이면 당신이 나와 함께 행복의 총량을 늘리며 살아가면 좋겠다.

4부

봄

마스크

치앙마이에서 한 달간 쉬고
한국에 돌아왔다.

다시 일상으로
돌아가야 한다.

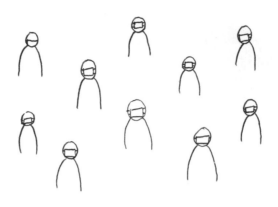

갑자기 코로나바이러스가 온
도시에 퍼져 디스토피아를 연상케 했다.

그리고 무엇보다

잠깐의 여행으로 모든 게
괜찮아진 것은 아니었다.

언제쯤 나아질 수 있을까?
나아지기는 할까?

마스크 덕분에
우는 게 티가 안 나네.

그래도 울어봤자 달라질 것
없다고 생각했던 그때보다
차라리 버스에서 우는 지금이
훨씬 낫다고 생각했다.

그러니 눈물이 더이상
나오지 않을 때까지
앞으로 더 많이 울어보자고
마음먹었다.

문밖으로

쏴아 ─

어디선가 우울이
수용성이라는
말을 들었다.

우울증이
심할 때는

문밖으로 나가는 일조차
너무나 버겁고
힘겨워진다.

우울이 수용성 물질이라면

끝없이 잠식되는 감정이

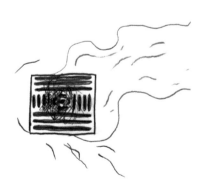

정말로 흘러내려가버릴까.

작고 느린 변화

나는 달리기가 느렸다.

밥 먹는 것도 느렸다.

$x^2 - 3x + 2$

배움에 대한 이해도 느렸다.

그래서 회복도
느린 건가 싶었다.

웃는돌씨,

처음 상담 시작할 때
목표가 뭐였는지
기억나나요?

나는 어느 순간부터
자주 울고 있었다.

어,
제 아픔과 감정을 마주하고
마음껏 울기요.

작고 작은 변화들.
사실 그건 결코 작지 않지.

그 변화들은 네가 모르는 사이
켜켜이 쌓일 거야.

그러니 조급해하지 않아도 돼.
무너져도 괜찮아.

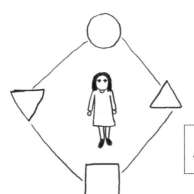

회복과 치료를 위해
여러 곳에 도움을 요청했다.

지역 자살예방센터.

심리상담센터.

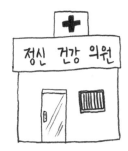

정신건강의학과 의원.

주변 사람들.

나에게 맞는 병원과 기관을
만나는 일도 상당히 어렵겠지만
도움을 필요로 할 때 무엇보다 힘든 점은

도움을 청하기가 망설여질 정도로
가혹한 사람들의 시선과 경직된 사회 분위기였다.

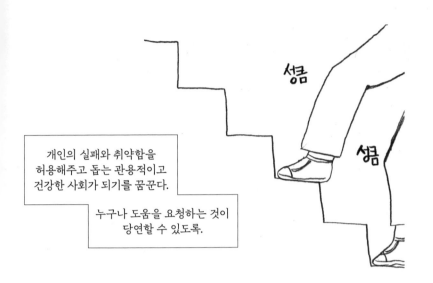

개인의 실패와 취약함을
허용해주고 돕는 관용적이고
건강한 사회가 되기를 꿈꾼다.

누구나 도움을 요청하는 것이
당연할 수 있도록.

안녕하세요?
저는 자살 생존자입니다.
도움이 필요해요.

그 누구도 고립되지 않도록.

힘껏 울기

심리 상담을 다니기 시작했다.
내가 다니는 상담센터는 애도 상담을
전문적으로 다루는 곳이었다.

푹신하다.

이런 곳이 있다는 사실을 알고
뛸듯이 기뻤지만

똑똑

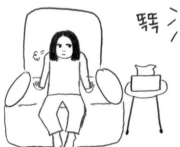

선뜻 오지 못했다.

저는 사람들 앞에서
굉장히 밝은 편이에요.

저 자신에게는 관용을
베풀지 않으면서요.

그동안 힘든 걸
인지하지 못하고
번아웃이 왔어요.

이제는 제 아픔과
직면해보고 싶어요.

여기 올 자격이 없다고
나를 재단한 것은
다름 아닌 나였다.

상담이 끝날 때쯤에는
제 아픔을 마주하고
상담실에서 마음껏 울어보고
싶어요.

나에게로 돌아가는 길

인생에 잘 짜인 플롯은 없다. 여러 가지 사건만 순서 없이 겹쳐 산재해 있을 뿐이다. 가까이 들여다볼수록 삶은 더 복잡하고 모호하다.

아빠의 죽음을 이해하기 위해 전문대졸로 가방끈도 짧은 나는 혼자 부단히 사회학을 독학했다. 베이비부머 세대의 자살과 중산층의 몰락을 다룬 옛 기사를 모두 들춰보고 최신 업데이트된 기사까지 모조리 읽었다. 그의 죽음을 이해하기 위해 시중에 판매되는 자살 관련 책도 모두 찾아 읽었다. 그렇게 사 모은 책이 온 집을 뒤덮어 도서관이라 불러도 될 지경이었다. 이론적으로라도 정리를 하면 그가 왜 죽었는지, 그의 죽음을 어떻게 이야기할지 실마리라도 찾을 줄 알았다. 하지만 깊이 알아갈수록 그가 죽은 이유는 미궁 속으로 빠질

뿐이었다. 한 개인의 삶과 죽음은 계층적, 문화적, 사회적, 정신분석학적 맥락 그 무엇으로도 정의할 수가 없었다.

아빠가 떠난 후 주변 사람들은 각자의 이유를 찾았다. 때로는 누군가에게 화살을 돌리기도 하고 자신에게 검을 겨누기도 했다. 비껴간 화살과 검은 서로를 향했다. 그렇게 원망을 주고받지만 결국 죽은 자는 말이 없다. 그저 각자 살기 위해 나름대로의 이유와 정당성을 찾아갈 뿐이다.

모두 각자의 입장에서 이 사건을 바라보게 된다. 배우자로서, 자녀로서, 형제로서, 부모로서, 친척으로서, 직장 동료로서, 친구로서. 그렇기에 나의 입장을 작품으로 옮기며 굉장히 신중을 기했다. 누군가에게는 내 입장의 이야기가 상처가 될 수 있기 때문이다. 객관적 사실이라는 점 또한 신기루와 같다. 그는 좋은 사람인 동시에 또 그렇지 않은 사람이었다. 그를 영웅시하고 싶지도, 악인으로 만들고 싶지도 않았다. 그를 입체적으로 옮기는 작업은 대단히 어려운 일이 될 터이기에 마음을 굳게 먹었다. 그의 주변부에 있는 사람들의 다양한 입장을 고려하며 최대한 노력을 기해 그리겠다고. 그리고 나의 이야기를 쓰겠다고. 이마저도 그저 한 가지 입장일 뿐임을 전달하겠노라고.

그렇게 본격적으로 만화를 그렸다. 책 속에서 허우적거리다가 밖으로 걸어나왔다. 사실 이 모든 이야기는 책 속에 담긴 것이 아니라 내가 입을 여는 순간부터 시작되었다. 그 사실을 너무나 늦게 깨달았다. 이미 떠나간 그의 죽음을 모두 헤아릴 수도, 모든 이를 위로할 수도 없을 것이다. 적어도 이런 내가 존재한다고 말하기 위해, 다시 한번 살아보기 위해, 그가 아닌 나를 탐구하기로 작정했다.

보통 차례를 위해 새벽부터 준비해요. 대부분의 일은 여자들 몫이죠.

전 부치고 과일 깎고 국 끓이고 설거지하다보면 하루가 금방 가요.

어휴, 여자들만 무슨 고생이야.

생전에 좋아한 음식 몇 가지면 족하지.

맛있게 먹어.

선물

자살예방센터에서 종종
작은 선물을 보내주셨다.

상실을 다룬
사랑스러운 동화책.

눈물을 닦을 수 있는
손수건.

향기를 맡으면 기분이 좋아지고
심신이 안정되는 에센셜오일.

마음을 가다듬을 수 있는
만다라 컬러링북 등등.

모두 마음챙김을 위한 도구였다.

그 도구들이 실질적으로
내게 유용했느냐보다는

누군가가 나에게

관심과 도움을 준다는 소중하고
따뜻한 느낌이 중요했다.

사
계
절
의 애
도

겨울.

봄.

여름.

가을.

어느새 다시 겨울.

1년 남짓 되는 시간 동안 애도 상담을 하며
깨달은 점이 있다면

아빠의 죽음을 이해하기 위한
과정인 줄 알았던 그 시간이 사실은
나를 찾아가는 과정이었다는 것이다.

그리고 상담을 하는 모든 계절 동안
발견하고 뱉어낸 나의 마음들이

내 삶의 일부가 되어가는 과정이었다.

안
녕

안녕 귀여운 내 친구야,

멀리 뱃고동이 울리면
네가 울어주렴

312

아무도 모르게
모두가 잠든 밤에 혼자서.

영화를 사랑했던 내 동생
여기 잠들다.
총명함과 따뜻함, 너의 빛나는
유머를 영원히 기억하리.

2014 5. 31

안녕 내 작은 사랑아,

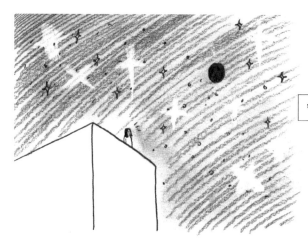

멀리 별들이 빛나면

네가 얘기하렴
아무도 모르게

울면서
멀리멀리 갔다고.

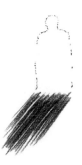

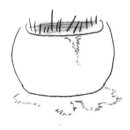

안녕 귀여운 내 친구야, 안녕 내 작은 사랑아

안녕 귀여운 내 친구야,
멀리 뱃고동이 울리면
네가 울어주렴 아무도 모르게
모두가 잠든 밤에 혼자서.
안녕 내 작은 사랑아,
멀리 별들이 빛나면
네가 얘기하렴 아무도 모르게
울면서 멀리멀리 갔다고.

친할아버지가 지병으로 돌아가시고 장례식에 가던 길, 자동차 라디오에서 산울림의 〈안녕〉이 흘러나왔다고 아빠가 말했다. 아빠는 그 음악을 듣고 터져버린 울음을 주체하지 못했다. 먼 훗날, 가족들이 친할아버지의 산소에 간 날, 아빠는 세상을 떠났다.

아빠가 떠난 뒤 종종 산울림의 〈안녕〉을 듣는다. 〈안녕〉은 짧은 가사가 반복되는 노래다. 시간대는 다르지만 어쩐지 우리가 같은 감정을 공유한다는 기분이 들었다. 당신도 이런 아픔을 느꼈을까. 철렁 내려앉은 심장을 부여잡고 눈물이 쏟아져내렸을까. 못다 한 일들이 생각나 울어버렸을까. 후회막심하여 손을 내밀어봐도 다시는 잡지 못하는 허망함을 느꼈을까.

종종 아빠는 친할아버지랑 성깔이 똑같다고 내게 윽박질렀다. 내가 태어나기도 전에 돌아가신 분이니 감이 오질 않았다. 그러다 한 미술 전시관에서 친할아버지의 흔적을 만났다. 친할아버지는 출판사를 운영했던 문인이었다. 당대의 유명한 문인들과 함께 새로운 잡지를 만드셨는데 친할아버지의 노력과 손길이 전시에 아카이브 형태로 남아 있었다. 아이러니하게도 세월이 흘러 오늘날 나는 이렇게 책을 쓰고 있다.

아빠는 늘 친할아버지를 동경했지만 한편으로는 할아버지가 어려웠다고 했다. 마치 닿을 수 없는 드높은 사람처럼 멋진 분이셨다고 했다. 아빠 역시 내게 그런 사람이었다. 닿지 않는 비상한 사람. 야속하게도 한 사람과 한 사람의 마음이 모두 닿지 못하고 삶은 끝나버린다. 나이가 많지도 않은데 인생이 덧없고 짧게 느껴진다. 아, 온 마음을 다해도 이 마음을 모두 전할 수 없는 것이 삶이구나. 아빠에게 한번 더 같이 놀러 가자고 말할 수 있다면, 그렇게 후회해봐야 소용이 없는.

우리의 애도와 슬픔은 반복될 것이다. 언젠가 사랑하는 이와 안녕을 고하고 이별을 받아들이는 것이 삶일 테다. 미술대학에 다닐 때, 한 교수님이 이런 말씀을 하셨다. 삶과 죽음은 너무나 크고 평범한 주제이니 그런 것을 논하는 상투적인 작가가 되지 말라고. 10년이 지나고 나는 삶과 죽음에 대해 이야기하는 평범한 작가가 됐다. 아빠를 닮았더라면 좀더 비상한 주제로 작품을 만들었겠지만, 나는 촌스럽고 평범한 것이 좋다. 우리 삶에 닿아 있는 모습이 좋다. 당연한 이치여도 내게 생경하게 다가오는 그 순간이 좋다. 그 평범한 만물의 이치는 사람들에게 제각각 고유하게 발현된다. 그 모든 다른 이야기를 모두 같다고 치부하고 싶지 않다. 평범한 것은 동시에 특별한 것이리라. 삶의 빛과 어둠을 함께 이해하는 일은 어쩌면 세상에 애정과 사랑을 많이 품어서일지도 모른다.

나는 살면서 많은 상실을 경험했다. 죽음이 아닌 헤어짐도 있었다. 흔한 사랑 노래 가사처럼 사랑했던 이를 떠나보냈다. 하지만 그들이 떠나기 전 내게 준 것들을 기억한다. 내 옆을 지키고 싶었으나 끝까지 그러지 못했을 뿐이었다. 우리가 서로를 상실했다 하더라도 열과 성의를 다했던 그 치열함은 내 안에서 사라지지 않을 것이다. 그것을 평생 곱씹으며 살아가도 충분한 삶이라는 것을 이제야 느낀다. 그저 안녕을 고할 수밖에 없었던 우리의 안녕을 바란다.

"안녕."

지아야~
뭐 그려?

나는 한때 미술학원의
유치부 담임 선생님이었다.

얘는 아주 사나운 개예요.
너무 무섭고 못돼서
아무도 다가오지 않아요.

지아는 이빨이
입 바깥으로 향해 있는
사나운 개를 자주 그렸다.

319

그런데 어느 순간

그 그림이 지아를
대변하는 것 같았다.

지아야, 그거 아니?
천사도 가끔은 나쁘고
악마도 가끔은 착해.
사람도 똑같아.

그러니 지아는
뭐든지 될 수 있어.

정말요?

그럼.

너의 잘못이 아니야.

1층 같은 반지하라 채광이 좋아요!

거짓말.

205

철컹

우연히 친구와 함께 살게 돼서 집을 보러 갔다.

그렇죠?

낡았지만 따스한 분위기의 집이었다. 우리의 집이 될 거라는 예감이 들 정도로.

진짜네?!

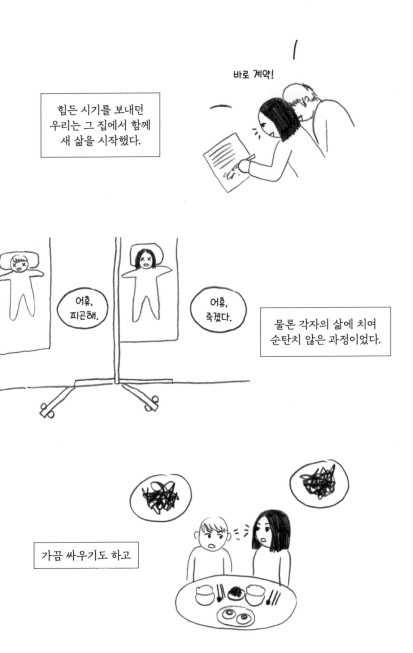

바로 계약!

힘든 시기를 보내던
우리는 그 집에서 함께
새 삶을 시작했다.

어휴,
피곤해.

어휴,
죽겠다.

물론 각자의 삶에 치여
순탄치 않은 과정이었다.

가끔 싸우기도 하고

서로의 안식처가 되어가며

비록 투박하고 부족한
말일지라도 건네보고

서로의 마음을 돌보게 됐다.

삼십대의 난
뭘 하고 있을까?

어릴 때
기대한 삼십대는

내가 바라는
꿈을 이뤄 원하는 일을
안정적으로 하고

정원이 딸린 전원주택에서 고양이와 소박하게(?) 사는 모습이었다.

물론 내가 맞이한 삼십대의 현실은 그렇지 않았다.

기대했던 삼십대보다 지금이
더 멋지다는 생각이 들었다.

그것으로 충분해

누군가 큰일을 겪으면
주변 인연들이 정리된다는
말을 해줬다. 그 얘기를 듣고
어느 정도 동의했다.

이제
여기부터는

대신 그 어려운 일을 겪을 때
곁에 있어준 사람들과는
계속 함께할 줄 알았다.
그런데 시간이 지나고 나니

야속하게도 관계라는 게
그렇지도 않더라. 영원한 것은 없으니까.

정리된 인연이라고 생각해 멀어진 이들과
돌고 돌아 다시 가까워지기도 하고

평생을 함께할 줄 알았던
이가 떠나기도 하고

그런 생각을 하다보면
한없이 슬퍼졌다.

분명 어딘가 있을 거야.

내게 희망이 되어줄 이야기가

사실 처음에는 만화를 그릴 생각이 없었다.

얼마 없네 ......

자살 생존자에 대한 이야기가 아예 없지는 않았지만 많은 건 아니었고 대부분 전문 서적이었다.

인터넷에 관련 검색어로 찾아보면
'생명은 소중해요!'라는 말뿐이었다.

나 같은 일을 겪은
사람들의 이야기는
어디 있지?

그 문장은 내게 와닿지 않았다.

당사자에게는 그만큼 꺼내기 힘들고
아픈 이야기일 테니까 이해가 갔다.

온갖 곳을 찾아다녀봐도 내가 원하는
희망의 목소리는 어디에도 없었다.

내가 찾아다닌
그 희망은

자신의 목소리를
써내려가야만
비로소 찾을 수 있는

내가 직접 써볼까?

내가 나에게 줄 수 있는
유일무이한 희망이었기 때문이다.

그게..뭐지..

???

널 보고 있으면
차돌이 떠올라.

훗날 아이러니하게도

야무지고 단단한
돌이란 뜻이야.

엥..

많은 사람에게 차돌 같다는
이야기를 들었다.

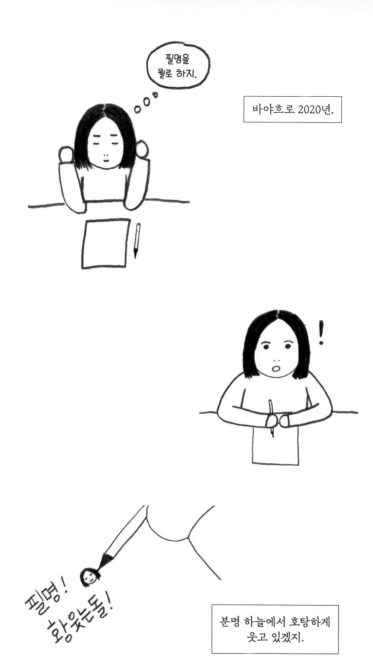

친구와
요즘 사이가~

제가 요즘
직장에서 고민이~

끄덕

쫑알 쫑알

웃는돌씨,

이제 아버지나
애도과정에 대한 이야기보다
웃는돌씨의 현재 삶에 대한
이야기를 더 많이 하네요.

엇……

정말 그러네요……

내심 알고 있었는지도 모른다. 더이상 이전만큼 아빠 이야기를 하지 않게 됐다는 것을.

이제 웃는돌씨가 애도 상담을 마치고 인생의 다음 스텝으로 넘어갈 때가 된 것 같아요.

안전했던 상담실을 벗어나 홀로 서는 게 무서웠다.

네!

하지만

일상으로의 복귀

2021년 5월, 1년 남짓 함께 애도 상담을 이어나가던 선생님께서 말씀하셨다.

"이제 웃는돌씨가 애도 상담을 마치고 인생의 다음 스텝으로 넘어갈 때가 된 것 같아요."

나는 아직 준비가 안 된 것 같았다. 선생님의 얼굴을 더 보고 쓸데없는 일상에 대한 이야기를 더 해야 할 것만 같았다. 그러다 우뚝 서서 현재의 내 모습을 가만히 들여다보았다. 최근 들어서 더이상 죄책감에 빠지지 않고 일상을 살아간다는 사실을 깨달았다.

"꼭 행복해야 해요. 웃는돌씨."

"네, 꼭 그럴게요. 그동안 감사했습니다."

딸랑거리는 상담실 문 소리를 뒤로하고 걸어나왔다. 같은 시기에 정신과 선생님께서 단약 권장을 하셨다. 자살예방센터 간호사님과도 작별했다. 그렇다고 해서 내 인생에 드라마틱하게 꽃길이 열린 것도 아니었다. 갑자기 시련을 극복하고 일어나는 드라마 같은 서사에 따라 행복해진 것도 아니었다. 힘든 일도 가끔씩 일어나고 그럭저럭 지내는 날의 연속이었다. 비로소 현재의 나를 인지하며 살아가게 됐을 뿐이었다. 그런데 돌이켜보니 내가 참 대단하고 대견했다. 새로운 스텝을 밟고 나아갈 준비가 됐다. 이제는, 아빠를 마음에 두고도 보내줄 수 있게 됐다.

내가 그토록 바라던, 하찮고 일상적인 작은 고민을 안고 살아가게 됐다. 오늘은 뭘 해 먹을까? 오늘은 어떤 식당에 가서 저녁을 먹을까? 건강해지려면 어떤 운동을 하면 좋을까? 친구들은 나를 어떻게 생각할까? 나는 지금 잘살고 있는 걸까? 엄마와 행복한 미래를 꿈꾸며 살아갈 수 있을까? 조금 더 비싼 유기농 야채를 사도 될까? 내일은 무슨 영화를 보지? 이런 고민들.

고요한 일상으로 복귀하기를 오랫동안 꿈꿔왔다. 매일 쳇바퀴 굴러가듯 똑같이 반복되는 하루. 일상을 영위한다는 것은 마음과 몸의 힘을 엄청나게 요하는 일이었다. 나뿐만 아니라 모든 자살 생존자가 이를 꿈꿀 테다. 일상으로의 복귀, 제대로 된 일상을 영위하는 것. 하지만 남들에게 쉬운 이 일이 자살 생존자에게는 무척이나 어렵다. 한 사람의 죽음으로 일상이 와르르 무너져 그 무엇도 할 수 없는 절망 속에 빠지기 때문이다. 동시에 자신이 믿었던 세계도 무너져내린다. 그 이후의 일상은 전과 다르다. 흑백의 세상과 다채로운 색감의 세계가 공존하는 삶으로 전환된다.

언젠가 심리 상담사 선생님께서 이런 말씀을 해주신 적이 있다.

"그전에 갖고 있던 것을 아버지의 죽음 이후까지 다 끌어안고 갈 수는 없어요."

삶의 태도, 방식, 그 무엇도 전과 달랐다. 그의 죽음 전의 일상으로 돌아갈 수 있다면 펄떡이는 심장을 악마에게 팔 수 있을 정도로 절박했다. 그전과 달라진 세상이 닥치자 이를 인정하고 받아들일 시간이 필요했다. 다시금 걸어나가기 위해 내가 쥔 소중한 것을 어느 정도 내려놓고 다시금 발을 떼는 과정이 필요했다.

내 삶은 더딘 걸음과 넘어짐의 연속이었다. 언제쯤 괜찮아지는지 묻는 자살 생존자에게 쉽사리 답하지 못했다. 하지만 중요한 것은, 우리가 계속 나아간다는 사실이다. 이전과 똑같은 일상은 아니겠지만, 나의 일상을 내가 만들어갈 수 있음을 믿어주었으면 한다.

힘든 시간을 보내고 있는 이들에게 말하고 싶다. 우리는 일상으로 복귀할 자격이 있다고. 시간이 느리게 지나가고 당신의 걸음이 더뎌도, 슬픔과 비통함에 잠긴 후에는 고통과 마주한 만큼 강해질 것이라고. 설령 극복하지 못해도 괜찮다고. 사별 경험은 '극복' 문제가 아니라고. 언젠가 꼭 일상을 누릴 것이라고. 당신을 위해 매일 밤 기도할 것이라고. 당신은 이미 많은 걸음걸음을 걸어왔노라고.

해피엔딩 이후

밥 잘 먹고
건강히 잘 지내요.

그동안 정말
감사했어요.

토닥
토닥

심리 상담 종결 후 자연스럽게
자살예방센터 간호사님과
정신과 선생님과도
작별의 시간을 맞았다.

씩씩

당당

그렇게 해피엔딩!

이라면 좋겠지만 시시때때로 변하고
사건 사고가 터지는 인생에
영원한 해피엔딩이 어딨겠는가.

그후에도 나는 셀 수
없을 정도로 또 넘어졌다.

아프다⋯⋯

난 한심해.

아직 준비가
덜 된 걸까?

삶에는 간단명료한 해결책도 없고
수많은 불안이 엄습해오면
또다시 속수무책일 때도 있지만

웃차

그전과 조금 달라진 게 있다면

이런 감정에 잠깐
머물다보면
지나가겠지.

좌절감이 휘몰아치더라도
나라는 존재가 더이상
죄스럽지가 않다.

그러니 또다시
무너져도 걱정 마.

어느새 넌 긴 터널에서
나오고 있을 테니까.

사람들은 영웅 서사에
열광한다.

개인이 엄청난 역경을 딛고
영웅이 되어 사람들을 구해내고
희망의 존재가 되는
이야기를 흔히 접한다.

그리고 이러한 서사는
현실에도 적용되어

불우하고 척박한 환경에서
살아남아 사람들의 희망이 되는
영웅담이 쏟아져나온다.

왜 영화에서는
성취의 순간 이후는
보여주지 않을까?

그런데 나는 반대로

그 이후에도
삶은 계속되는데
말이야.

그 누구도 영웅이
되지 않았으면 한다.

개인이 영웅으로서 모든 것을 짊어지고
그 무게를 견디지 않으면 좋겠다.

인생의 다음 스텝으로
넘어온 나는

또다른 문제를
만났다.

으......
짜다.

잘 먹겠습니다!

이따가 저녁에는
뭘 해 먹을까?

장 볼 때 더 비싼
야채를 골라도 될까?

앞으로 어떻게
먹고살지?

계속 작품을 만들면서
살 수 있을까?

좋아하는 일을 하며
안정적으로 살 수 있을까?

인간관계는
왜 이리 복잡하고 어렵지?

관계에서 상대방과
내가 지켜야 할 선은 어디지?

또 누군가 나에게
큰 상처를 주면 어쩌지?

반갑습니다!
얘기 많이 들었어요.

몸은 왜 이렇게
비효율적이지?

건강을 유지하며
워라밸을 지킬 수 있을까?

운동은 왜 매일
해야 하지?

무거워!

그토록 원하던 별것이고
별것 아닌 일상적인
고민을 하게 됐다.

내게 또다른
문제들을 헤쳐나갈

마음의 체력과
용기가 생겼다.

그럼에도 불구하고

만화에 다 담을 수 없었던
나의 지난한 역경이 있었다.

나는 혼잣말을 하듯
만화를 계속 그려왔다.

이 만화를 누가
보기나 할까?

지금도 살아나가야만 하는
정확한 이유를 찾는 것은
내게 어려운 일이다.

다만 때로는
잠깐의 휴식이

소소한 나눔의 시간이

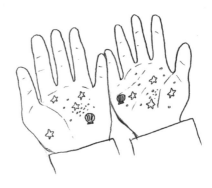

순간순간의
자그마한 것이
나를 살아가게 했다.

꼭 비장한
삶의 이유가 있어야
살아가는 게
아닌지도 모르겠다.

아직도 삶의 이유는 모르지만
그럼에도 불구하고
나와 같은 당신들을 발견했다.

이왕이면 당신들과 살아가며
그 이유를 함께
알아가고 싶어졌다.

어
서
와

대체 이 지옥이
언제쯤 끝나는 거야?

휘이잉

수많은 날이
지난 후에야.

당신과의 페이지를 끝마치며

힘든 시간이 지나가고 나의 일상을 찾으면
세상이 풍부하고 생기 있는 색채로 빛날 줄 알았습니다.

이제 집으로
가볼까.

상상과 달리 아주 평범했지만

내가 꿈꿔오던 풍경과
내가 걸어온 풍경이
합쳐지는 순간

비로소 알게 됐습니다.

내가 빛과 어둠을 함께
아는 사람이 됐음을.

그리고 중요한 것은
내 안에서
빛나는 노력의 시간과

그와 내가, 당신과 내가
함께 써내려간 사라지지 않을
소중한 시간이었노라고.

이 책을 읽고 있는
당신이 언젠가 빠져나올
긴 터널의 끝을 향해

응원 대신 위로의 포옹을
보내겠습니다.

황웃는돌 올림.

생명지킴이(Gatekeeper)란?*

자살 위험에 처한 주변인의 '신호'를 인식하여
지속적으로 관심을 가지고 그들이
적절한 도움을 받을 수 있는
자원(기관, 전문가)에 연계하는 사람.

※관심이 있으실 경우, 전문 기관에서 관련
교육 과정을 이수하시는 것을 추천드립니다.

*출처: 한국생명존중희망재단 웹사이트 www.kfsp.or.kr

생명지킴이는 자살 위험 대상자와
자살예방센터 사이에서 중간 다리 역할을 한다는
의미로 붙여진 이름이다.

반드시 전문가가 아니어도
사랑하는 이를 도울 수 있다.
혹시 주변에 마음이 힘든 이가 있다면
이 내용을 참고하면 좋겠다.

언어의 변화
죽음, 자살 암시나 계획 언급, 자기 비하
※SNS로도 언어의 변화를 찾을 수 있음

행동의 변화
자해, 신변 정리, 식사와 수면 및 위생
상태 변화, 혼자 있으려 하기

정서의 변화
대인 기피, 우울함과 죄책감 표현

주변의 누군가에게 자살 위험 신호가
발견될 경우

물어보기

들어주기

연결하기

이 세 가지를 기억하고
주위 사람들을 챙겨봐주기를 바란다.*

*출처: 한국생명존중희망재단.

자살에 대해 직접 물어보기

1. '자살 생각'이라는 단어를 부정적으로 표현하지 말고 '자살 생각' 그 자체에 관해 물어봐주세요.

2. '자살을 생각하고 있는 것은 아니지요?' 등의 표현은 이야기를 듣고 싶지 않다고 생각될 수 있으니 '자살을 생각하고 있나요?'와 같이 직접적인 표현을 사용해주세요.

자살을 생각한 이유와 삶의 이유 듣기

1. 충고를 하기보다는 도움이 필요한 사람의 이야기를 경청해주세요.

2. 비아냥거리는 말은 더 큰 상처를 줄 수 있으니 하지 마세요.

3. 지지하는 말로 공감받고 있다는 걸 알려주세요.

전문가와 연결하기

1. 도움을 받을 수 있는
   사람(전문가 혹은 전문기관 등)을 소개해주세요.

2. 자살 도구를 가지고 있다면 상대방과 합의하여
   폐기 또는 분리하여 위험한 환경을 바꿔주세요.

3. 혼자 있지 않도록 해주세요.

4. 술은 권하지 말아주세요.

서로가 서로의 안전망이 되어
우리의 연대가 늘어나
언젠가 당신에게도 닿기를.

1. 나는 죄책감을 느끼지 않을 권리가 있다.

2. 나는 자살로 인한 죽음에 대하여 책임감을
   느끼지 않을 권리가 있다.

3. 나는 내 느낌과 감정을 남이 받아들이기
   힘들어할지라도 다른 사람들의 권리를
   침해하지만 않는다면 이를 표현할 권리가 있다.

4. 나는 내 질문에 대하여 권위자나
   다른 가족들로부터 정직한 대답을 들을 권리가 있다.

5. 나는 다른 사람들이 나의 슬픔을 덜어줄 수 있을
   것이라고 생각하는 것에 속지 않을 권리가 있다.

6. 나는 희망감을 유지할 권리가 있다.

7. 나는 평화와 존엄성을 유지할 권리가 있다.

8. 나는 자살로 떠난 사람에 대하여 그가 죽기 직전
   또는 죽을 당시의 상황과 관계없이 좋은 감정을 가
   질 권리가 있다.

9. 나는 나의 독자적인 인격을 유지하고 자살로 인해
   판단되지 않을 권리가 있다.

10. 나는 내 감정을 그대로 살펴보고 수용하는
    단계로 갈 수 있도록 나를 도와줄 상담자와
    지원 그룹을 찾을 권리가 있다.

11. 나는 새로운 시작을 할 권리가 있다.
    나는 살 권리가 있다.

*출처: JoAnn C. Mecca(1984),
한국생명존중희망재단 홈페이지 발췌.

나는
자살 생존자
입니다

초판 인쇄 2023년 6월 21일
초판 발행 2023년 7월 4일

글·그림 황웃는돌
책임편집 임혜지 | 편집 이희연
디자인 이현정 | 저작권 박지영 형소진 최은진 서연주 오서영
마케팅 정민호 김도윤 한민아 이민경 안남영 김수현 왕지경 황승현 김혜원
브랜딩 함유지 함근아 박민재 김희숙 고보미 정승민
제작 강신은 김동욱 이순호 | 제작처 영신사

펴낸곳 (주)문학동네 | 펴낸이 김소영
출판등록 1993년 10월 22일 제2003-000045호
주소 10881 경기도 파주시 회동길 210
전자우편 editor@munhak.com | 대표전화 031) 955-8888 | 팩스 031) 955-8855
문의전화 031) 955-2696(마케팅) 031) 955-2672(편집)
문학동네카페 http://cafe.naver.com/mhdn
인스타그램 @munhakdongne | 트위터 @munhakdongne
북클럽문학동네 http://bookclubmunhak.com

ISBN 978-89-546-9392-9 03810

www.munhak.com